搜神異寶錄
懸疑考古探險搜神小說
之8 曹操真墓
婺源霸刀 著

目錄

第一章

九宮八卦陣

他不再往上爬了，而是往下走。
這一次，他數著所走的每一級台階，
走了四十九級之後，他的雙腳踏上了堅實的地面。
四十九，在古代術數，是個不吉利的數字。

醜蛋領著苗君儒往草地的另一邊走去。

屍體的腐敗帶來了土地的肥沃，草地上的野草長得很豐盛，掩蓋了堆積的殘骸，許許多多不知名的野花在骸骨間爭奇鬥豔，開得很燦爛。

在動物的殘骸中，夾雜著不少人類的骸骨和鎧甲，從腐化的程度上看，他們分屬於不同時代的人。

他們本著同一個目標進入這處神奇的山谷，卻死在了這裏，有的或許死於猴子的利爪，有的或許死於毒蛇的毒牙，甚至是別的什麼原因，但毫無例外地為這片草地貢獻了自己強健的肉體。

苗君儒不由得想起李大虎他們幾個人來，每個人都各具居心。李大虎進谷，不僅僅是尋找不死神泉那麼簡單。老地耗子是個盜墓賊，卻和醜蛋一樣，知道不少谷內的事情。此人身上有太多不為人知的秘密，與何大瞎子的關係也絕非一般。

那個叫齊桂枝的女人，從一出現，就令他覺得十分詫異，儘管他肯定這個女人不叫齊桂枝，與黎城維持會的會長齊富貴沒有關係，但他也無法確定這個女人的真實身分，只是懷疑她極有可能是日本間諜。如果她真是日本間諜，跟著大家進入皇帝谷，究竟有什麼目的？還有之前見過的兩具屍體，為什麼要假扮日本軍人，那些人這麼做的目的又是什麼呢？這個女人和那些人，到底有沒有關係？虎子雖然是遊擊隊員，可在收魂亭的那一夜，就已經看出不是一個普通的人，連崔得金都對其有幾分顧忌。這人究竟是什麼身分，到現在還無法確認。最值得可疑的就是崔得金，蹲點在抬棺村那麼長時間，目標肯定是皇帝谷。作為一名八路軍幹事，其工作任務是受上級指派的。可是此人的種種行為，卻完全不像八路軍幹部的作風，倒像是一個身具特殊使命的特務。

遊擊隊長魯大壯帶人進入皇帝谷，可到現在為止，除了兩具穿著日軍軍服的屍體外，並沒有見到一具遊擊隊員的屍首或者骸骨。

李大虎他們不知道現在怎麼樣了，是不是還活著？按照皇陵的基本建築模式，不可能只有一座大殿，他們放火燒了大殿，接下來的路該怎麼走？

醜蛋扭頭說道：「不要想他們了，還是想想你自己等會見到他們之後該怎麼辦吧！」

苗君儒驚道：「你怎麼知道我心裏在想什麼？」

醜蛋不以為然地說道：「是呀，我生下來就是這樣的，只要我站在別人的身邊，就知道那個人心裏在想什麼的呀！」

苗君儒說道：「他們那幾個人都是什麼人？」

醜蛋笑道：「我不是對你說過嗎？他們都不是好人！」

苗君儒說道：「他們都想了些什麼？先說說那個大姐姐，她是怎麼想的？」

醜蛋說道：「大姐姐並不怕虎爺，她還會武功，會開槍，而且……而且她還有男人……」

見醜蛋不說了，苗君儒問道：「就這些？難道她就沒有想過別的事情，比如進皇帝谷想做什麼？」

醜蛋說道：「就這些呀！她很想那個男人的，想了很多次！哦，她還想殺了你，她好像認得你呢！」

這個問題無需醜蛋說出來，苗君儒都知道答案，他說道：「我只想知道她到底是不是中國人！難道她就沒有想過她以前的一些事情？」

醜蛋嘟著嘴說道：「她沒有想，我怎麼知道？」

因為思維有時候會從臉部的表情上顯露出來，一個訓練有素的間諜，是不會輕易讓人捕捉到其心理活動的。越是這樣，就越能說明齊桂枝不簡單。

苗君儒問道：「那個八路軍的幹事呢？」

一聽到這話，醜蛋立刻露出一副極其厭惡的樣子，說道：「那個傢伙待在我們村子裏，以前就和老半仙套關係，還說要拜老半仙做師父，老半仙死活不答應。老蠢為這事還專門去找過八路軍的大官，可一點用都沒有。那個傢伙仍住在村裏，後來還勾搭上了守根的媳婦……」

苗君儒說道：「不可能，他是八路軍的幹事，怎麼能夠做出那樣的事？」

八路軍特別注重與當地群眾的關係，別說八路軍的幹部，就是普通戰士，要是有這樣的事情發生，是會被嚴肅處理的。

醜蛋說道：「信不信隨你！那個傢伙就是想著怎麼進皇帝谷，拿走皇帝的東西！」

她說的皇帝的東西，自然就是陵墓裏陪葬的物品。若皇帝谷內葬的人真是曹操，其陪葬物品一定不少。

苗君儒問道：「老地耗子呢？他想做什麼？」

醜蛋說道：「那個死老鬼想成仙呢！」

苗君儒會心地一笑，老地耗子對皇帝谷內的事情知道得不少，以他的身分，若不是為了陵墓裏面的殉葬品，那就是六十年一次的成仙機會。動物都有可能成仙，人為什麼就不能呢？

說話間，兩人已經走過了草地，來到一條小河前。河水清澈見底，水中成群的魚兒游來游去，河邊有幾株桃樹，樹上的桃花開得正豔，還結了不少桃子，更奇怪的是，有的桃子已經成熟。皇帝谷外已是秋季，漫山遍野的草木在秋風中蕭瑟，落葉喬木上的幾片黃葉，在風中殘喘掙扎著，別說桃花，就是桃葉也看不到一片。

從進谷的那一刻起，苗君儒就知道這處神秘的山谷與外面完全不同，所以他對眼前的景象並不感到意外。這處世外桃源，若沒有外人的進入，那該有多好呢！

醜蛋靈巧地爬到一棵桃樹上，摘下兩個熟透的大桃子，遞了一個給苗君儒，說道：「老半仙說吃一個桃子能多活十年，他吃了那麼多桃子，也沒活過七十歲呢！」

苗君儒問道：「村子裏的都來過皇帝谷嗎？」

醜蛋有些自豪地說道：「不是每個人都能進來的，守根幾次想跟我進來，被老蠢發現，打個半死！」

醜蛋能進來的通道，守根進不來，這就說明通道是有人把守的。所以守根多次想進谷，不但進不來，還被看守通道的人抓到。這次被砍成那樣，絕對不僅僅是偷進皇帝谷那麼簡單，否則村裏人不會那麼恨不得他死。

醜蛋笑道：「你別胡思亂想了，守根的事。沒有你想的那麼簡單，吃桃子啦！」

苗君儒咬了一口桃子，汁水四溢，沿著嘴角滴到胸前的衣服上，口腔內有一種異樣的香味。他吃過不少品種的桃子，卻從來沒有吃過這麼好吃的。

醜蛋繼續說道：「樹上還有很多呢，如果你想吃，我去摘給你！」

苗君儒吃了幾口，說道：「算了，我們還是走吧！等見了那兩個人，我就離開這裏！」

小河的對面是一大片比人還高的蘆葦，河上並沒有橋，只有一根橫搭在兩岸的枯木。

醜蛋說道：「我就送你到這裏了。河那邊就是妖蛇的地盤，是一片爛泥塘，有很多蛇，還有泥陷阱，陷下去就別想出來。以前進來的那些人，沒幾個能走過去。過了那片爛泥潭，你會看到一個石頭牌坊，過了石頭牌坊往左走，有一條深溝，那兩個人就困在溝下面的一個石洞裏！」

苗君儒問道：「你不是說送我到口子上嗎？」

醜蛋說道：「這裏就是口子！」

苗君儒笑道：「你沒有去過那邊，又怎麼知道那邊的路呢？」

醜蛋說道：「是老半仙告訴我的，哦，他還告訴我，千萬不要去塔林！」

苗君儒愣了一下：「塔林？」

醜蛋說道：「在牌坊的右邊，你站在那裏就能看到的。如果塔林那邊有人叫你的名字，十萬不要答應，更不要走過去看！」

苗君儒微笑道：「你還有什麼要交代的？一併說出來吧！」

醜蛋囁嚅了一會兒，說道：「如果你不去那邊，我可以帶你去不死神泉！」

苗君儒笑道：「你是怕我去了之後回不來？」

醜蛋認真地點了點頭，眼中有幾許淚光。

苗君儒摸了摸醜蛋的頭髮，說道：「傻孩子，我以前經歷過的一些事，比現在兇險多了，放心吧，我沒事的！」

醜蛋從脖子上摘下一串七彩貝殼，遞給苗君儒，低著頭說道：「我在這裏等你。如果……如果你遇上他們，就把這個拿出來，能夠保你一命！」

在鎮陵將軍石像下休息的時候，老地耗子和虎子都說見過一個抱著嬰兒的女人，如此說來，山谷裏面肯定生活著一群與世隔絕的人。苗君儒接過七彩貝殼，掛在脖子上，轉身朝那根獨木橋走去。

河面寬約二十多米，獨木橋的長度約三十米，直徑約一米，上下一般粗細，受風雨的侵蝕，樹皮早已經剝落，表面渾圓滑溜。苗君儒上去之前，用腳踩了踩，感覺木質堅硬，並沒有腐朽。

河水平緩流動，看上去也不深。他走到獨木橋中間時，忽然覺得河水激蕩起來，低頭一看，見河水不知什麼時候居然變得很渾濁，也起了波浪，河水拍打在岸邊，嘩嘩作響。

身後傳來醜蛋的叫聲：「不要看橋下，快點過去！」

苗君儒收起目光，挺起胸膛向對岸走去，驀然間心中蕩起一陣奇怪的感覺，有些豪氣沖天，卻又有些傷感，彷彿一個出征的勇士，面對數倍於己的敵人，大有風蕭蕭兮易水寒，壯士一去兮不復還的悲壯。

離對岸還有七八米遠的時候，河水嘩啦一陣響，勁風襲面，從河邊的雜草竄出一條巨蛇，向他撲來。

地震的時候，不是所有的蛇都躲起來了嗎？怎麼還有蛇？

苗君儒下意識地往後退了幾大步，腳下一滑，差點掉到河裏。他晃了幾晃穩住身形，拔出青釭劍橫在面前，隨時阻擋巨蛇的進攻。

巨蛇並沒有繼續攻擊，蛇頭上下移動，像是在端詳著對手。這條蛇足有水桶粗細，頭部伸到橋上，高出苗君儒一兩米，可絕大部分蛇身還在草叢裏。蛇頭的外形與蘄蛇極為相似，只是頭頂有一處高高的隆起，脊背上雖沒有翅膀，但卻有一排背鰭，蛇牙足有四寸長，又尖又利，露在蛇吻之外，兩個銅鈴大小眼珠放射出逼人寒光。

第一次在這麼近的距離內與這麼粗的蛇面對面，他完全能聞到蛇口吐出來的腥氣。

醜蛋大叫道：「苗教授，這是護橋蛟龍，不要怕牠，你一害怕，牠就會吃你！」

苗君儒並不害怕，只是有些吃驚而已。在他的人生字典裏面，還找不到害怕這兩個字。他不是沒有見過水裏的蛟龍，只是這條巨蛇與他見過的蛟龍完全不同。

一人一蛇就這樣僵持著，足足有兩分鐘。就在苗君儒揮劍示威時，巨蛇「嗖」的一下退了回去，瞬間不見了。只有岸邊的雜草不住地晃動著。

苗君儒深吸了一口氣，三兩下過了獨木橋，當他扭頭去看時，站在河對岸的醜蛋也不見了。在蘆葦叢中，有一條隱約可見的小道。儘管小道上的荒草高過了膝蓋，但是清晰可見的腳印，說明不久前有人從這裏走過去，從腳印的痕跡上看，經過的不止一個人，應該有兩三個，或許更多。

醜蛋說過這邊都是爛泥塘，陷下去就別想出來，所以苗君儒每走一步都很小心，他循著別人走過的腳印一腳踩下去，濺起的泥水沾了他一褲腳。

四周很靜，只有腳踩泥水發出的「噗哧」聲。他用劍砍了一根蘆葦桿，一手拿劍，一手握著蘆葦桿敲打著面前的雜草，偶爾還用蘆葦桿探探爛泥路的深淺。

走了一段路，出現一條石塊壘成的堤壩。堤壩上的石塊方方正正，有人工打磨過的痕跡，石塊與石塊中間的接縫處，連一柄很薄的匕首都很難插進去。

在堤壩下方的草叢中，發現了一隻沾滿泥水的皮靴。苗君儒記起來，李大虎的腳上所穿的，就是這樣的一雙皮靴。

從蘆葦叢中走過來的，會不會就是李大虎他們呢？他們是怎麼來到這裏的？堤壩一直朝兩端延伸，不知道有多長。換作是現代，也是一個大工程。站在堤壩上，可望見這一片蘆葦叢，以及河邊的桃樹，再往前就有些模糊不清了。

堤壩的另一邊是一條青石板鋪成的路，每一塊青石板都一樣大小。醜蛋說的石頭牌坊就在石板路的盡頭。牌坊由八根正方石柱並列而成，中間兩根最高，其餘的六根按順序高矮排列，兩根石柱的頂上有石匾連接，中間的那塊石匾最大，上面刻著「龜德安民」四個隸體大字。

現在皇帝谷口那座小廟上面的牌匾是「武德昭天」，這裏卻是「龜德安民」。魏武帝曹操不僅是個軍事家和政治家，而且是個頗有文采的詩人，所作的《龜雖壽》是千古傳誦的名句，全詩五十六個字，字字珠璣，內蘊著一股自強不息的豪邁氣概。這兩塊匾額上的文字，無論怎麼看，都與曹操有著莫大的聯繫。

牌坊石匾上的紋飾以及兩邊的兩隻石獅，正是漢代線雕的手法。站在牌坊下面，一股感歎而又自強不息的懷古之情油然而生。

曹操雖是一代梟雄，但卻屬於很理性的人物，他能清楚地意識到人的生命是有限的，但是精神卻可以無限制地傳承下去。在當時煉丹修仙之氣盛行的情況下，能夠寫出這樣的一首詩，無疑給陷於癡迷的世人當頭棒喝。

曹操的詩大多悲壯慷慨，震爍古今，前無古人，後無來者。這種充滿激情詩歌所表現出來的爽朗剛健的風格，後人稱之為「建安風骨」，曹操是最突出的代表。千百年來，曹操的詩就是以這種「梗概多氣」風骨及其內在的積極進取精神，震盪著天下英雄的心靈。也正是這種可貴特質，使建安文學在中國文學史上閃灼著奪目光彩。

在最右側的那根石柱上，苗君儒又發現了導師林淼申留下的印記。

在牌坊的右前方，可見一個又一個的尖頂建築，應該就是醜蛋說的塔林了。牌坊左邊的草叢中一陣躁動，從裏面爬出一條大蛇來。大蛇背上的雙翼耷拉著，周身有很多傷痕，失去了左眼的眼眶變成了一個血窟窿，不斷流出血來。苗君儒認出，正是那條與猴王拚鬥時被抓去左眼的騰蛇。牠不是還有同伴的麼？另一條騰蛇呢？

此時的騰蛇，殘存的一隻眼睛中沒有了暴戾兇猛之色，顯得十分的悲憐，每動一下，都顯得很吃力。遊到牌坊前面時，就再也不動了。

在草地上時，苗君儒是與猴王站在一起的，儘管他並沒有出手幫助猴王，可在騰蛇的眼中，兩條腿的動物都是敵人。

遲疑了片刻，苗君儒往前走了兩三步，騰蛇警覺地抬起頭，獨眼中閃出一抹寒光，像是在警告他。

眼眶中流出的血滴到地面上，積了一大灘，照這麼流下去，騰蛇堅持不了多長時間。苗君儒有心幫騰蛇治傷，可騰蛇不允許他走過去，更別說貼身治傷了。

蛇類對面前所移動的物體都有敵意，並隨時會發起攻擊。苗君儒想起了那位動物學者教給他的方法，兜了一個彎來到騰蛇的尾部，悄悄往前移，試探著用手輕輕撫摸騰蛇的背鰭。騰蛇的身體顫抖了一下，並沒有太大的反應。

在治療鼉龍時，他偷偷藏了一些老地耗子的殭屍粉，以備今後的不時之需。他從衣袋內拿出殭屍粉，用指尖挑了一些，輕輕灑在騰蛇背上的傷口。

騰蛇似乎感覺到了，巨大的蛇頭扭了過來，獨眼中全然沒有了方才的兇猛，反倒露出幾許祈求與和善來。

苗君儒一邊輕輕撫摸著蛇身，一邊在蛇身所有的傷口上灑上殭屍粉，眼見得蛇身上的傷口止血並迅速痊癒。他明白與蛇頭越近，危險就增加幾分。

他終於來到了蛇頭，輕輕撫摸著蛇的額頂，並輕巧地將殭屍粉彈到那個空洞的蛇眼眶中。殭屍粉一彈進去，眼眶就不再流血，與其他傷口一樣迅速結疤。

騰蛇的眼中露出感激的目光，蛇頭歪起，在苗君儒的身上蹭了一下，像一隻在主人腳邊撒嬌的小貓。

醜蛋說地牛翻身的時候，所有的動物都要躲起來，如果不躲就會死。這條騰蛇也許受傷太重，沒有飛回躲藏的地方，就墜落在了這裏。

騰蛇喘著粗氣，無力地動了幾下，雖然傷口痊癒，可流血太多，短時間內不能恢復元氣。苗君儒正要轉身離去，卻見一團黑影自空中飛速而至，勁風撲面之時，另一條騰蛇已經張開巨口向他撲來。

就在這千鈞一髮之際，那條躺在地上的獨眼騰蛇突然昂起頭去，擋在苗君儒的前面，朝同伴示威性的張開巨口。

苗君儒的努力沒有白費，他得到了騰蛇的信任和感恩。即使他的武功再高，要想逃出蛇口，恐怕不是一件易事。

攻擊苗君儒的騰蛇退到一旁，沒有繼續攻擊，但那充滿敵意的眼神和左右盤旋的身軀，令他不寒而慄。

獨眼騰蛇不住地吐著信子，極力保護著苗君儒。三番幾次之後，那條騰蛇看出了苗君儒與獨眼騰蛇的關係，放棄了尋機攻擊，眼神也變成有幾分和善起來。

苗君儒正在考慮著怎樣讓另一條騰蛇徹底對他取消敵意時，就聽到塔林那邊傳來一個似曾熟悉的叫聲：「苗教授！」

他下意識地應了一聲，隨即反應過來，醜蛋說過，如果塔林那邊有人叫他的名字，千萬不要答應。現在他已經答應了，接下來不知會發生什麼事。

年輕的時候，苗君儒和導師林淼申去過嵩山少林寺，考察過那塊被稱為「達摩面壁石」的神奇石塊，石頭的表面很光滑，石紋中隱約可見一個人體的影像。據說是達摩面壁九年，精誠所至，以致他的影像也透入石中。

他們在少林寺中住了三個晚上，第一個晚上他起溺的時候，發覺導師竟然不在，天亮睜開眼睛，導師又回來了。第二個晚上他就警覺起來，一直裝睡。半夜時分，導師輕輕叫了他幾聲，見他睡得正香，便輕手輕腳地下了床，開門出去。

他隨即跟了出去。

夜晚的寺院籠罩在一片寧靜與祥和之中，偶爾傳來幾聲令人頭皮發麻的夜梟嗚叫。學考古的人，膽子比一般人要大許多。在朦朧的月光下，他發覺導師朝塔林那邊走去。

第一天到寺院看過達摩面壁石之後，導師就提出去塔林走一走，卻被寺院拒絕了。國內的很多寺廟都有塔林，那是存放歷代高僧法體的地方，是很神聖而神秘的，普通人不得進入。

眼見導師的身影消失在塔林邊上，他正要跟上去，就聽到側面傳來腳步聲，幾個舉著火把的值夜僧人已距離他不遠。不得已，他只得回到住處倒頭便睡。

第三個晚上，他照例跟到塔林邊，但卻被兩個從黑暗中出現的僧人擋住了去路。

自那以後，導師也沒有再帶他出去。而對那塊「達摩面壁石」的研究，也沒有了下文。導師去塔林做什麼？這麼多年，成為苗君儒永遠無法解開的謎團。

應了那一聲之後，苗君儒朝塔林那邊望去，卻只見幾個尖尖的塔頂，看不到一個人。當他收回目光時，兩條騰蛇不知什麼時候交纏在一起，蛇身一動都不動，連嘴巴都緊緊地貼著，就像兩個熱戀中的情侶，擁抱著親吻。

他微微笑了一下，低頭想從騰蛇的身上跨過去，又聽到塔林那邊有人叫道：

「苗教授，苗教授……」

這一次他沒有答應，而是仔細回憶那個似曾熟悉的聲音，有點像崔得金，卻又有點像李大虎。他的腳還沒跨過去，腳下的騰蛇突然動了起來，兩條蛇身也迅速分開。

獨眼騰蛇「嗖」了一下滑了出去，展開雙翼飛了起來，在苗君儒的頭頂轉了幾個圈，隨後落在他的面前，盤成一團，頭部高高昂起。

獨眼中閃現的精光無不說明，不久前還瀕臨死亡邊緣的騰蛇，現在已經完全恢復了元氣。

「苗教授，救命呀！」一聲音再一次從塔林那邊傳來，顯得急迫異常。

苗君儒忘記了醜蛋對他的警告，正要抽身向塔林那邊跑去，不料獨眼騰蛇搶前一步，攔在他的前面，雙翼撲騰著激起不少灰塵，阻攔住了他的去路。巨大的蛇頭來回晃動，像是叫他不要過去。

那邊繼續傳來叫聲，吐字含糊不清，而且夾雜著撕心裂肺的嗚咽。

一股義不容辭的豪氣驀然而生，苗君儒再也顧不上騰蛇的阻攔，從旁邊飛掠過去，沒等他跑出十米，兩條騰蛇一左一右地貼地面飛了過來。獨眼騰蛇直接飛到他的腳下，他一時收勢不住，撲倒在騰蛇的背上，騰蛇一展雙翼，「呼」地飛了起來，眨眼間已飛起十幾米高。

苗君儒收斂心神，雙手緊緊抓著騰蛇的背脊，保持身體的平衡。

從牌坊到塔林的直線距離並不遠，蹲在騰蛇的脊背上，苗君儒一眼就看到了塔林那邊的情景。在沒有看清塔林的全貌之前，他以為塔林裏面都是佛塔，哪知一看之下，才知道所謂的塔林，其實就是一個個用石頭堆砌而成的石堆，每個石堆的頂上，都有一個圓錐體的塔尖。每個石堆的外形，與埃及的金字塔一樣，層層堆砌而成。石堆有大有小，有高有矮，東一堆西一堆的，看似雜亂無章，可他卻越看越吃驚。整個塔林，就是一副變化無窮的九宮八卦陣。只不過陣中間不是陰陽兩極，而是一個大石塔，這個大石塔比其他石塔都要高出許多，如鶴立雞群一般令人注目，尖頂上有一件閃閃發光的東西，不知是何物。

苗君儒走遍了大江南北，見識過許多不同年代的石塔，有的石塔的建築年份可追溯到東周列國時期，儘管石塔的造型各式各樣，卻從來沒有見過類似金字塔那樣的，更何況塔頂還放了這樣一塊充滿神秘的物體。

八卦陣是由太極圖像衍生出來的一個更精妙的陣法，起源可以追溯到上古時代，至今最為盛名的莫過於《周易》八卦。周易本是依照太極八卦衍生出來的卜筮之書，後來學者漸漸將周易八卦的運用推至到了一個巔峰，甚至依據八卦圖形演變成了八卦陣法。八卦分別象徵自然界的八種物質，天地雷風水火山澤，是萬物衍生的物質基礎，其中以乾坤天地二卦為萬物之母，萬物生於天地宇宙之間，水火為萬物之源陰陽之基，風雷為之鼓動，山澤終於形成，有了山澤，生物開始滋生，生命開始孕育，人類因此繁衍。八卦陣分成休、生、傷、杜、景、死、驚、開八門，其中八個卦象分含八種卦意：「乾為馬，坤為牛，震為龍，巽為雞，坎為豕，離為雉，艮為狗，兌為羊」，分別是八個圖騰的意思。

古代的能人異士，大都精通周易，能掐會算，而且能根據周易排兵佈陣。其實普通的八卦陣並不稀奇，一般通曉周易的人就能擺得出來，只是那樣的八卦陣沒有太多的變化。只有精通奇門遁甲的異士，將奇門遁甲之術與八卦陣融合在一起，形成內含奇門遁甲之術的九宮八卦陣，才是最具殺傷力的。

「奇門遁甲」的含義是由「奇」、「門」、「遁甲」三個概念組成。

「奇」就是乙、丙、丁三奇。「門」就是休、生、傷、杜、景、驚、死，開八門。「遁」即隱藏。「甲」指六甲，即甲子、甲戌、甲申、甲午、甲辰、甲寅，「甲」是在十干中最為尊貴，它藏而不現，隱遁於六儀之下。「六儀」就是戊、己、庚、辛、壬、癸。隱遁原則是甲子同六戊，甲戌同六己，甲申同六庚，甲午同六辛，甲辰同六壬，甲寅同六癸。另外還配合蓬，任，沖，輔，英，芮，柱，心，禽九星。奇門遁的占測主要分為天，門，地三盤，象徵三才。天盤的九宮有九星，中盤的八宮（中宮寄二宮）布八門；地盤的八宮代表八個方位，靜止不動；同時天盤地盤上，每宮都分配著特定的奇（乙，丙，丁）儀（戊，己，庚，辛，壬，癸六儀）。這樣，根據具體時日，以六儀，三奇，八門，九星排局，以占測人類社會和自然世界，在人事關係方面選擇吉時吉方，就構成了中國神秘文化中一個特有的門類——奇門遁甲。

九宮八卦陣內含奇門遁甲之術，每個時辰內都有不同的變化，而且變化繁多，人被困陣內，只覺四處昏黑如晦，陰氣森森，霧氣沉沉，不得其門而出。

三國時期，諸葛亮就用一些石頭堆布下一個九宮八卦陣，在他死後還困住了一個東吳大將陸遜。陸遜在陣中左衝右突，損失慘重，差點性命不保，後來還是諸葛亮的岳父黃承彥於心不忍，指引陸遜走出了陣。

儘管歷史事件被後人無形中誇大，可是奉節魚腹浦沙灘上那處歷經千年風雨的石堆，至今都沒人敢進去的。

民國初年有個研究了半輩子周易的高人，帶著三個徒弟進到石堆裏，結果他們被困了一個多月才走出來，幸好他們有準備，帶了充足的食物，才沒有被餓死在裏面。

苗君儒的手上用力，迫使騰蛇儘量飛低一些。獨眼騰蛇會意，雙翼平伸，斜著滑了下去，緊貼著塔頂而過。

他看清了塔尖上的發光物體，是一塊錐形的無色透明物，高約三十釐米，底面為正方形，邊寬約二十釐米。

不能近距離研究，他就無法確定這個發光的塔尖，究竟是什麼物質。

騰蛇在塔林上方又轉了一個圈，為了能看到人，他用力將蛇身往下壓，迫使騰蛇下降，在石塔中間穿梭而行。

騰蛇距離地面不過三四米，這麼高的距離，別說人，就是一隻老鼠，都能看得清清楚楚。

可是現在，人呢？

明明聽到有人叫他的，怎麼會不見了呢？

正中間大石塔的後面冒出一陣煙霧，當騰蛇飛臨大石堆時，苗君儒縱身跳了下去。一落地，他就覺得很不對勁，具體哪裏不對，一時間也說不上來。

騰蛇在他的頭頂盤了兩圈後，無奈地發出幾聲吼叫，最後搧動兩翼飛走了。

他完全能聽得出，騰蛇的叫聲是在對他提出警告，就像之前醜蛋對他說的那些話一樣。但是作為考古學者，他對任何充滿神秘的地方，都有著一種與生俱來的衝動，很想弄明白是怎麼回事。

望著騰蛇漸漸消失的影子，他將目光轉向面前的大石堆。他自信對古代術數的研究，並不比別人差。以他的本事，要想走出這個由塔林形成的九宮八卦陣，應該不是問題。

問題是他怎麼才能找到那個叫他的人。

在大石塔的旁邊，有一塊半人高的石碑，石碑上似乎刻著一些字。他走近一看，認出是陰刻的隸書，字跡粗糙，受風雨侵蝕，很多字已經模糊不清，但有些字仍可看清楚：建武元年，帝登千秋台，有鳳南來，紫氣東升……十七年八月，光烈皇后患頑疾而沉……湯藥不就……仙藥方能癒……余奉皇命外出尋仙……幸……指引入谷……善……弗能敵……壘石為陣……

歷史上用建武為年號的只有兩個皇帝，一為光武帝劉秀，二為東晉十六國時西燕皇帝慕容忠。登千秋台稱帝而皇后的名諱為光烈的，就只有光武帝劉秀。

光烈皇后就是陰麗華，南陽新野人，相傳為春秋時代著名的齊相管仲之後，貌美而賢慧，遠近聞名。劉秀經過新野時，十分仰慕陰麗華的美貌，不禁歎曰：「娶妻當得陰麗華」。經過他多番努力，終於抱得美人歸。劉秀稱帝後，陰麗華成為了他的寵妃，備受他的寵愛。建武十七年，即劉秀掃滅群雄、統一天下之後的第五年，陰氏被冊封為光烈皇后。永平七年，陰麗華薨，與劉秀合葬於原陵。

從碑文的大體意思是，建武十七年，陰麗華被封為光烈皇后時，得了不治之症，只剩下一口氣，連藥湯都灌不進去，有人說只有求得仙藥才能救皇后，於是皇帝命這個人外出求仙藥，這個人得高人指點入谷，遇上了敵人，打不贏對方，只得壘起石頭佈陣，抵禦對方。

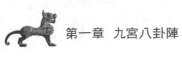

可惜後面的字跡都看不清了，不知道這個被劉秀派來求仙藥的人，到底是誰，這個人到了這裏，遇上了什麼事情？

古代的人大都期盼長生不老，秦始皇還數次派人去海外仙山求不死靈藥呢。陰麗華是光武帝最寵愛的女人，他怎麼捨得讓她離他而去呢？只要有一線希望，他是不會放棄的。

陰麗華是永平七年才死的，比劉秀還多活幾年。照這麼推算，要麼有人治好了陰麗華的病，要麼就是拿到了仙藥。

皇帝谷內稱得上是仙藥的，除了不死神泉，還會是什麼呢？

可是按醜蛋的說法，不死神泉應該不在這邊，如果仙藥已經找到，這個替劉秀尋找仙藥的人，就不可能被困在這裏。除非是為了引開對手，讓別人將仙藥送了出去。

更令苗君儒不解的是，無論是民間相傳，還是歷史學家，都默認九宮八卦陣是諸葛亮所創，可這處九宮八卦陣，卻是漢代時就有了，比三國時的諸葛亮還早了一兩百年。

能夠布下這個陣法的人，自然不是泛泛之輩，為何歷史上竟沒有半點記載？石塔底層的石頭，每一塊都差不多大小，地表以上有一米多高，兩米多寬，沙土下面還不知道有多少。第二層的石塊相對要小一些，越往上石塊越小，層層疊疊。石塊中間的縫隙很窄，別說手指，就是刀片都很難插得進去。

如此巨大的工程，怎麼歷史文獻上沒有半點記載？這麼大塊的巨石，是從哪裏運來的，又是怎麼堆砌起來的？

這個九宮八卦陣是用來做什麼的呢？

「苗教授，快點來救我們呀！」聲音是從左面傳來的，這次苗君儒聽清楚了，是齊桂枝的聲音。

可是當他轉到左面的時候，眼前突然一暗，一陣狂風席捲著沙石朝他撲來。這就是九宮八卦陣的奇妙之處，入陣者只覺得四處昏黑如晦，陰氣森森，霧氣沉沉，只要走錯了方位，非死即傷。

苗君儒掐指一算，微笑著退了幾步，腳踏中宮，怪風立刻消失，光線也恢復了。他接著走乾位，遊坎位，來到方才發出聲音的地方。

奇怪的是，他並沒有見到人，卻發覺那塊方才看過的石碑，離他不到兩米。

奇怪了！

他不是沒有走過九宮八卦陣，十年前在洞庭君山的一處道觀中，還和觀主一同走過陣。照正常的推算，他現在已經站在艮位上。而與先前所站的位置，至少隔了十幾米遠。

難道還有幾塊一模一樣的石碑不成？

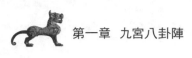

可是這塊石碑上，卻有幾處他剛才看石碑時留下的劃痕。

他的頭頓時覺得大了許多，這個九宮八卦陣，確實有些邪門。儘管九宮八卦陣有千萬種變化，但萬變不離其宗。只要算準時辰，找對生門所在，按照既定的方法去破解，就不會走錯。

只有一個可能，就是這個九宮八卦陣，並不是他所研究和熟悉的那種。

當下，他乾脆不走了，鼓足丹田之氣，大聲叫道：「你們在哪裏呀？」

他在牌坊那邊的時候，聽得到這邊有人喊叫。陣法可以困住人的身體，但控制不了無形的聲音。

「我們在這裏，快來救我們！」聲音從苗君儒的身後傳來。混雜不清，聽不出是誰在說話。

苗君儒叫道：「你們有幾個人？」

那聲音道：「老地耗子不見了，就剩我們幾個，八路軍的崔幹事傷得很重，我們都沒有辦法……」

苗君儒叫道：「你們都不要亂動！」

那聲音道：「苗教授，快點來救我們！」

雖然聲音是從他背後傳來的，可是他並不知道李大虎他們具體在哪個位置上。在騰蛇背上時，他看清了這個九宮八卦陣的全貌，其實面積並不大。可一旦走錯，後果很嚴重。

他身邊的這座金字塔形的大石塔，是所有石塔中最高的，粗略數了一下，約有二十層，每層高約六十到八十釐米，並不難攀爬。如果站到塔頂上，說不定能看到李大虎他們幾個人。

當他往上攀爬了十幾分鐘後，發覺自己的判斷錯了。以他的武功，一分鐘能攀爬五到六層，用不了十分鐘就能爬到塔頂。可是攀爬到現在，離塔頂還有十幾層。

奇怪！

有這麼高嗎？

他又往上攀爬了十幾層，抬頭望去，離塔頂居然還有十幾層，塔尖那個發光的錐形物體，此刻散發出耀眼的光芒。再往下望時，見下面白霧瀰漫，居然看不到地面。霧氣緩緩流動，像極了海上的波浪，那些若隱若現的塔尖，就像一座座漂浮在海面上的孤島。

雲霧中隱隱有幾個人影，髮髻高聳，長衫飄飄若仙。從服飾上看，是幾個道士。為首一個道士年紀略長，頷下留著一縷山羊鬍，右手持著一柄拂塵，另外幾個的年紀尚輕，手裏握著一柄劍，他們的背上都背著行囊，行色匆匆。

從古至今，道士的服飾大同小異，一時間無法斷定他們是哪個朝代的。塔頂的光線經雲霧折射之後，最容易產生超自然的幻象，也會重現一些古代的場景。像這樣的幻象，苗君儒並非沒有見過。當年他去新疆考古，就曾經幾次見過海市蜃樓。（詳情見拙作《稀世奇珍》）

光線一轉，雲霧中又出現幾個人影，人影越來越清晰，走在最前面的是一個身材健壯的男子，斜挎著盒子槍，在這個男子的身後，是兩個背著長槍的人，都受了傷，相互攙扶著，一步一瘸走得很吃力，他們的打扮看上去就像遊擊隊。苗君儒看到了他的導師林淼申，扶著一個瞎眼的老頭，走在隊伍的最後面。他們一個個都顯得很疲憊，卻又不願意停下休息，偶爾驚慌著朝後面望，似乎有人在追他們。在他們的身後，正是那片猴子和毒蛇相互殘殺的草地。不同的是，草地上躺著幾具屍體。

一陣朦朧之後，雲霧中出現一個牌坊，牌坊石匾上「龜德安民」四個隸體大字清晰可見，李大虎他們幾個人就站在牌坊的下面，樣子看上去都很狼狽。

李大虎赤著一隻腳，手裏倒提著槍，斜靠在石柱上，人口大口地喘著氣。齊桂枝攙著崔得金，吃力地往前面走。虎子的背上還背著一個人。老地耗子走在最後，邊走還邊往後看，好像後面有什麼人追似的。

他們幾個人都是從獨木橋上過來的，肯定遭遇了那條護橋蛟龍，所以變得這麼狼狽。

李大虎的頭扭向塔林這邊，似乎聽到這邊在喊叫。

光線逐漸暗淡，雲霧中的景象消失了。

苗君儒苦笑一下，他犯了和李大虎一樣的錯誤，都是被喊叫聲吸引過來的。自他爬上大石塔後，居然再沒有聽到任何人的叫喊聲。莫非他們出了什麼意外？

他不再往上爬了，而是往下走。這一次，他數著所走的每一級台階，走了四十九級之後，他的雙腳踏上了堅實的地面。

四十九，在古代術數，是個不吉利的數字。

這地方果真很邪門，他明明記得自己最起碼爬了六七十級，前後相差十幾二十級，怎麼就沒有感覺到呢？

更奇怪的是，四周居然像死了一般的沉寂，聽不到一點聲音。之前他在這裏，除了能聽到有人喊叫之外，還能聽到蟲鳴鳥叫，甚至是自然界所有的聲音。

一雙無形的巨手緊緊地扼住他的脖子，幾乎令他喘不過氣來。他張開嘴巴，大口大口地喘著氣。他不由自主地後退了幾步，當緩過氣來時，發覺剛才站過的沙地上，露出一個圓形的白色物體。

他蹲下身子，小心地將白色物體上面的浮沙撥開，露出一個完整的骷髏頭來。骷髏的嘴巴張開著，像是臨死前發出的最後呼喊。從牙齒上看，死者的年紀不會超過三十歲，死亡時間約莫三到四年。兩個空洞的眼眶，無聲地述說著死者的不幸遭遇。

他雙手不停繼續往下刨，沒多一會兒，土黃色軍裝包裹下的整具骷髏就被全刨出來了。除了骷髏外，還刨出了一支生銹的三八式步槍和一個黃色帆布背包。

死者是個日本士兵。

日本人不是一年前才進來的嗎？

難道三四年前，就有日本人進來過了？

若是把時間往前推三到四年，這地方還是國統區，日本兵是不可能來的。可是眼前的事實，卻容不得他不信。

軍裝一觸即爛，變成了布片，但黃色帆布背包卻還結實，裏面裝著一個飯盒，一本日記本，一個西式懷錶，還有一張標準的軍事地圖。

飯盒裏面有兩個發黴的乾飯團，西式懷錶的指針早已經停止走動。軍事地圖並不大，但晉魯豫三省交界地區的地形，卻標得很清楚。在長治往北一點的地方，用紅筆劃了一個小圈。

他打開日記本，滿以為日記本裏寫滿了日記，最起碼日記本裏會有一些文字，包括日記本的主人是誰。哪知日記本內被撕去了幾十頁紙，餘下的都是白紙。倒是有一張照片。

照片上有五個穿著日本軍裝的年輕人，上面有一行文字，寫著：昭和十一年，小野君惠存。

昭和十一年是一九三六年，那時的日軍勢力還僅僅在東三省。雖然日記本被撕掉了，但從這張照片中可以看出，死者是個叫小野的軍人。

日記本裏面究竟記載了什麼樣的內容，以至於死者要把日記本撕掉？

三年前，為什麼會有日本人來到這裏，他們來這裏的目的究竟是什麼呢？

苗君儒收好照片和軍事地圖，用那支步槍在旁邊的沙土中探了幾下。果然，在這具骷髏的旁邊，又相繼發現了幾具骷髏。

他沒有辦法再把另外幾具骷髏全挖出來，斜靠在石塔底層的基座上，大口大口地喘著氣。

他舔了舔乾裂的嘴唇，想起一整天都沒有喝口水了。如果找不到方法走出去，他就會像這幾具骷髏一樣，永遠留在這裏。

當務之急，還是要找到李大虎他們，一起離開這裏。

可是，在這個他完全陌生的九宮八卦陣中，怎麼樣才能找到他們呢？

「你們在哪裏呀？」他又大聲喊了幾句。

沒有回音。

在這時候，他才發覺自己是多麼的孤立無助。叫天天不應，叫地地不靈。但是，任何困難都無法難倒他，因為他是經歷過無數次劫難的考古學大師，知道如何在逆境中解救自己。

他抬頭看了看身邊的石塔，其規模比埃及胡夫的金字塔要小許多。當年他沿著胡夫的金字塔底座走了一圈，用了一個多小時。

沿著這座石塔走一圈，應該用不了半個小時，只要能回到那塊石碑旁邊，就能聽到李大虎他們的叫聲了。

只要能相互說話，就有辦法見面。

就在他邁開右腳的時候，突然聽到身後傳來細微的腳步聲，他還未來得及扭頭，另外一個聲音傳來：「如果你不想像他們一樣，就轉過身來。」

說話的是一個女人，苗君儒並未轉身，而是問道：「是你殺了他們？」

女人說道：「每一個進來這裏的人都得死！」

這樣的話，之前醜蛋也說過，不過醜蛋告訴他，還有兩個人沒死，至於是哪兩個人，就不知道了。

苗君儒的手握住了青釭劍的劍柄，以他的武功，就算背後有一個人用槍對著他的後腦勺，也能輕巧地避開。

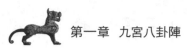

女人的聲音很甜美，但也很冰冷：「一把好劍，通常都是用來殺人的。你手上的那把劍，一定殺過不少人！告訴我，你來這裏做什麼？也許我會放過你！」

苗君儒微微一笑，說道：「我來找我的導師，他一年前進來這裏，就沒有出去！」

女人說道：「我說過，每一個進來這裏的人都不能活著出去！」

苗君儒說道：「可是我並沒有說他出去了，我是來找他的！」

女人停頓了一下，說道：「不管怎麼樣，你們出不去的！你……」

苗君儒已經轉了身，青釭劍業已出鞘。從剛才的對話，他就已經準確地判斷出身後人與他的距離。那個人要想殺他的話，根本不需要和他說這麼多廢話。

此刻，他手中的青釭劍就搭在那女人的肩膀上，只消他輕輕用力，就可以劃開女人的脖子。但是他並沒有那麼做。

女人的手裏也拿著武器，準確來說，根本就不是武器，而是一根木棍子。

他吃驚地望著這個女人，只見她的一頭長髮用細麻繩繫在腦後，身上穿著用麻布和獸皮縫製的衣服，根本掩蓋不住她那豐滿的胸部，以及修長而結實的大腿，眉宇間那種帶有野性的風情，令每一個男人都會情不自禁。在女人的胸前，掛著一串和他一樣的七彩貝殼。

他愣了一下，問道：「你見過有人用劍殺人嗎？」

女人並沒有回答苗君儒的話，而是盯著他胸前的那串七彩貝殼，問道：「是誰給你的？」

苗君儒想起醜蛋送給他這串七彩貝殼時說的話，在這個神奇的山谷中，還生活著另外一群人，而一串掛在脖子上的七彩貝殼，則是那群人身上的標誌。醜蛋經常進入皇帝谷，自然和他們熟。

虎子和老地耗子在明代皇陵看到的那個女人，或許就是那群人中的一個。

他收起劍，微笑著說道：「是一個朋友送給我的。哎，你還沒有回答我的問題呢，你見過有人用劍殺人嗎？」

女人遲疑了片刻，說道：「見過，經常看見的，死了很多人，血都噴起很高。」

苗君儒暗驚，都什麼時代了，還用冷兵器殺人？莫非皇帝谷內生活的這群人，都是用冷兵器對付那些入侵者的？

女人用手指著石塔的上方，接著說道：「爬上去，你就能看到了！」

苗君儒記起他爬上去的時候看到的奇景，或許在石塔上，經常能夠看到各種各樣的情景，包括慘烈的古代戰爭。

女人見苗君儒不說話，繼續說道：「這是魔塔，你要是不信，可以爬上去看！」

「我剛才已經爬上去了！」苗君儒問道：「你經常爬上去嗎？」

女人搖了搖頭，又點了點頭。

苗君儒笑道：「你每次進來，都能夠出去，是不是？」

女人問道：「你想我帶你出去？」

苗君儒說道：「不僅僅是我，還有我的幾個朋友！」

女人搖了搖頭，說道：「他們必須死在這裏！」

苗君儒問道：「為什麼？」

女人說道：「因為他們和你不一樣，是外人！」

苗君儒說道：「可他們是我的朋友，是和我一起進來的！如果你不願意救他們，那請你告訴我，他們在哪裏？」

女人指了指石塔，說道：「他們都被魔塔吃了！」

苗君儒從心底感謝醜蛋，若不是醜蛋送他這串七彩貝殼，這個女人絕對不會幫他。

按道埋，要想回到那塊石碑前，只要沿著大石塔的底座轉過去就行了，可是那女人卻帶著他從另兩個石塔中間走過去，又繞了兩個圈，才回到那塊石碑前。魔塔的神奇之處，苗君儒已經領教過。女人那麼做，自然有她那麼做的道理，否則，她就不會叫這座大石塔為魔塔了。

這個女人能夠在九宮八卦陣中來去自如，肯定知道陣中的奇妙之處。他站在石碑前，低聲問道：「告訴我，你怎麼走出去？」

「我不會救他們的！」女人一本正經地說，絕對不是在開玩笑。

苗君儒問道：「怎麼進去？」

女人說他們都被魔塔吃了，肯定在石塔的內部。只要找到進去的門，就能把他們救出來。

女人搖了搖頭，說道：「不知道！」

從女人的眼神上觀察，她確實沒有說謊。苗君儒問道：「那你怎麼知道他們被魔塔吃了？」

女人說道：「進來這裏面的人，不是死在外面，就是被魔塔吃掉。大家都知道呀！」

她說的大家，除了生活在皇帝谷裏的人之外，應該包括醜蛋和抬棺村裏的一些人。否則醜蛋就不會警告苗君儒，要他千萬不能去石堆那邊了。

齊桂枝的聲音再次傳來：「苗教授，你在哪裏，快點來救我們……」

如果聲音來自石塔的內部，不可能傳出太遠。但在這種地方，是不能按常理推斷的。

女人問道：「你真的要救他們？」

苗君儒點了點頭。

女人低聲說道：「你往前走，就能進去了！」

從石碑的左面往前，是一段平坦的沙地，沙地上有許多紛亂的腳印。苗君儒試探著往前走了兩步，並未發現異常，就在他轉身說話的時候，突然覺得腳下一空，身體向下墜去。他下意識地往上一縱，卻被一股無形的力量死死拖住。他低頭看時，身下的沙地赫然出現一個黑洞，四周的沙土像瀑布一樣瀉下去。

當他的眼睛陷入一片黑暗之時，感覺右手抓住了一樣東西。

那是根棍子！

第二章

屍體上的秘密

苗君儒看著那隻斷手，
或許這隻斷手，能夠找到解開他心中謎團的線索。
他彎腰撿起那隻斷手，接著說道：
「要想弄清楚他們為什麼會這樣子，
我認為線索可能就在這裏面。」

這是一個圓拱型的大空間，面積超過五百個平方，四周都是石塊壘成的牆壁，堅實無比。光線來自頂部那四方形的物體。

苗君儒睜開眼睛，看到了李大虎他們幾個人，李大虎的一隻腳用布包裹著，好像受了傷，連鞋子都沒穿。崔得金斜靠在一旁，身上有不少血跡，看樣子受傷不輕。其他三個人都沒什麼大礙，只是身上到處沾滿泥巴，連頭髮上都有。

他記得掉下那個黑洞後，身體在沙土中翻了幾個滾，就莫名其妙地失去了知覺。

李大虎說道：「我們都以為你被燒死在那座木頭大殿裏面了，沒想到你還活著！」

苗君儒不願讓他們知道醜蛋救他的事，仰起頭問道：「我掉下來之後昏迷多久了？」

老地耗子嘿嘿笑道：「不長，才半個時辰，我們怎麼叫你都不醒！」

苗君儒問道：「你們有沒有看清我是從哪裏掉下來的？」

李大虎說道：「上面起了一層霧，接著你就掉下來了。和我們一樣，摔不死的。」他接著問道：「她是誰？」

那個女人就躺在苗君儒的身邊，手裏還抓著木棍。

苗君儒說道：「是我在這個石堆中碰到的！」

虎子認真地看著那個女人，說道：「晚……晚上看……看到……」

老地耗子拍了虎子一下，說道：「我們在鎮陵將軍那裏看到的那個女人，和這個女人穿得一樣。看她的打扮，好像是野人呢！」

幾個人都打量起昏迷中的女人，

進谷時有十幾二十人，到現在就只剩下六個人了。苗君儒欠起身，問道：「你們是怎麼來這裏的？」

李大虎說道：「我們燒了木頭大殿之後，就一直往裏面走，沒多久就發生了地震，我們逃到一塊草地上，見到很多蛇和猴子打架，是崔幹事帶我們走的獨木橋，碰上一條大蛇，差點把命都丟了。我們在石頭牌坊那裏休息，聽到這邊有人喊救命，就過來看看，結果一進來就出不去了。」

苗君儒說道：「你們怎麼受傷的？」

李大虎說道：「崔幹事為了躲猴子，被草叢裏的長矛扎了大腿。我這腳是在過獨木橋之後，在爛泥潭裏被扎穿的。媽的，這地方不知道進來了多少人，到處都有骨頭和生銹的兵器，不注意一點就上當。」

苗君儒說道：「老地耗子不是有殭屍粉嗎？」

老地耗子連忙說道：「你救那隻大烏龜的時候，殭屍粉就用了不少，後來有幾個人受了傷，就全部用完了。唉，都怪我沒長心眼，早知道就給大當家的留一點了！」

苗君儒沒有吭聲，以他對老地耗子的瞭解，殭屍粉那麼貴重的東西，不可能不留下一點的。或許是真的不多了，老地耗子留著預防不測，連大當家的都捨不得給。

李大虎說道：「老地耗子說這些大石堆是個很奇怪的陣法，我們走了很久都沒走出去，後來不知怎麼就掉下來了。」

老地耗子說道：「是呀，是呀！這些石堆初看上去雜亂無章，但在內行人看來，卻是一個九宮八卦陣，我自信是旁門中人，一般的九宮八卦陣難不倒我，可是走了幾次，居然走不出去。」

苗君儒說道：「我也這麼想。表面上看似九宮八卦陣，但實際上卻不是！」

李大虎說道：「你看這裏，連個門都沒有，那些石壁光溜溜的，連老鼠都爬不上去，我們會和那些人一樣死在這裏！」

苗君儒這才注意到，地面上橫七豎八的，不下一百具人體的骸骨，有的顏色泛黃已經風化，有的卻還森白，死了不過一兩年。虎子的手裏，還拿著一支從骸骨堆裏撿來的駁殼槍。有幾具森白的骷髏旁邊，還放著生銹的三八大蓋。

苗君儒說道：「我在石牌坊那邊的時候，聽到這邊有人叫我，才過來的，你們……」

李大虎指著頭頂說道：「苗教授，你看到那個發光的東西沒有？每過一段時間，那上面就能看到外面的人。我說這麼遠你聽不到，可是他們不信。」

一直沒有機會開口的齊桂枝終於說話了：「事實上就是苗教授聽到我們的喊叫才過來的！」

苗君儒抬頭看著那個發光的物體，考古這麼多年，會發光的珍奇異寶見過不少，但是會發光又能折射影像的，他還是第一次見到。

李大虎說道：「老地耗子說頂上那塊發光的東西是金剛鑽。我雖沒有見過金剛鑽，可聽人說過，像羊糞那麼大的一顆，就值不少錢。那塊發光的東西要真的是金剛鑽，我們都發財了！」

苗君儒微微笑了一下，據他所知，世界上至今被發現的最大的鑽石名叫「庫里南」，原石有三千多克拉，體積約一個成年人的拳頭大小。鑽石本身不發光，而是折射光線。石塔頂上那塊東西明顯會發光，應該不是鑽石。

說話間，那個女人醒了過來，驚恐地看著李大虎他們，身子縮到苗君儒的身後。

苗君儒微笑道：「不要怕，他們都是我的朋友！」

那個女人還是很畏懼。

苗君儒低聲問道：「認識你這麼久，還不知道你叫什麼呢？」

那個女人低著頭說道：「我叫守金花！」

苗君儒暗暗一驚，想不到這個女人和抬棺村的人是同一個姓。那麼生活在皇帝谷內的人，和抬棺村的又是什麼關係呢？當守金花說出自己名字的時候，他注意到躺在旁邊的崔得金，臉上有種異樣的神色。崔得金待在抬棺村那麼久，知道的事情肯定要比他多得多。

苗君儒帶著歉意說道：「對不起，金花，是我連累了你！現在我已經和我的朋友在一起了，你要救我的話，肯定會連我朋友一起救。如果讓你的族人知道你救了外面進來的人，會不會責罰你？」

守金花的臉色登時變得煞白，說道：「要是救了外面進來的人，天神會發怒的！」

苗君儒問道：「天神發怒會怎麼樣？」

守金花說道：「他們會要我去做天神的妃子，我不要……我不要……」

她嚇得用雙手抱著頭，渾身發抖。

齊桂枝走上前輕輕擁住守金花，安慰道：「放心，我們會幫你的。只要我們殺了天神，你就不用去做妃子了！」

儘管這是齊桂枝安慰守金花所說的話，但在苗君儒聽來，卻是另外一種意思。一個「殺」字，已經洩露了她心底的暴戾之氣。

她果然不是一個普通的女人。

守金花聽了齊桂枝的話，眼睛望著苗君儒，問道：「你們……真的去殺天神？」

她只相信苗君儒。

苗君儒違心地點了一下頭，不管殺不殺得了天神，他都不會讓守金花受到傷害。

守金花看著大家，說道：「要是在上面，我就能帶你們出去，可是……」

李大虎說道：「這麼說，你也無能為力嘍？」

守金花點了點頭。

李大虎大聲詛咒了幾句，像隻被激怒的獅子在原地轉來轉去，卻又找不到發洩的對象，惱怒之際，猛地拔出腰間的手槍，朝著石壁一頓亂射，直到把槍裏的子彈都射完，才癱軟在地。

一陣死一般的沉寂之後，虎子低聲問道：「苗……苗教授，我們能……能出去嗎？」

李大虎大聲道：「本來就沒打算活著走出皇帝谷，只是死在這種地方太窩囊。老地耗子，你不是會打洞嗎？現在這麼多人幫你，怎麼樣才能挖出個洞來？」

老地耗子說道：「大當家的，打洞我是在行，可是單靠兩隻手，可挖不出洞來。再說這下面全是鬆軟的沙土，根本沒有辦法打洞。」

崔得金指著離他不遠的石壁，對苗君儒說道：「苗教授，那邊的石壁上有一些圖案和文字，你是考古學者，如果能夠破解，說不定我們就能夠走出去！」

要想知道這些石塔的來歷，內部石壁上的圖案和文字，是最好的研究材料。苗君儒站起身，按著崔得金所指的方向，來到石壁前。

在六七個平米大小的石壁上，果然有不少文字和圖案，文字和圖案有大有小，大的如斗，小的如豆，而且排列很不規則。

崔得金說道：「我和老地耗子看了很久，都看不懂是什麼意思。」

別說崔得金和老地耗子，就是苗君儒也看不懂這上面的文字和圖案。他從事考古工作這麼多年，破譯過不少古代文字，包括消失已久的佉盧文和粟特文，但是眼前的這些文字和圖案，他真的無法破譯。

單就文字而言，有的文字像某個英文字母，卻又與阿拉伯文有相似之處，有的文字類似象形文字，卻又像孩子隨手畫出的不規則圖形。而那些圖案，更是亂七八糟的，完全是抽象派的畫法，有些像某種動物，有些則是簡單的幾筆線條。

但在文字和圖案的正中間，卻有一個大圓圈，圓圈裏有一個五角星。所有的文字和圖案，都彙集在圓圈的周圍。

這樣的文字和圖案，苗君儒之前也見過，但都是在某些考古研究的資料和照片裏。記得那次在英國參加世界考古工作者研究會議的時候，一位美國的考古學家就曾經拿出一份報告，報告聲稱在亞馬遜叢林中一個金字塔形的建築物上，發現了一些無法破譯的文字和圖案。報告裏面還夾著拍攝下來的照片，來自全世界一百多個頂級的考古學家研究之後，初步斷定有可能是史前文明留下的，但也有考古學家認為是外星文明留在地球上的有力證據。

之後有一些考古學家在一些地區的古建築上，陸續發現了類似那樣的文字和圖案。同一種史前文明，不太可能在世界的不同區域出現，所以越來越多的考古學者比較趨向於後一種解釋。

世界上不少於五十個考古學者和語言類科學家，都在研究那種文字和圖案，可至今沒有人能夠給出比較令人信服的答案。

如果這些文字和圖案真是外星人留下的，那麼，這些形成九宮八卦陣的石堆，也是外星人建造的麼？外星人留在石壁上的文字和圖案，又是想表達一種什麼意思呢？

他的眼睛盯著圓圈裏面的五角星，要想破譯那些文字和圖案，首先就得從五角星上面尋找答案。

老地耗子和其他人一樣，站在苗君儒的身後，低聲說道：「苗教授，這些字有時還會發光的！」

苗君儒問道：「什麼時候發光？」

崔得金說道：「我先前在看那些字的時候，不小心把手上的血抹在了字上，結果字體就發光了。」

苗君儒皺起了眉頭：「有這樣的事情？」

他用手指在崔得金受傷的地方沾了一點血，輕輕抹在一個字上。果然，血跡迅速滲入字體內不見了。這個像一扇小門，卻又與古希臘文中的「Π」有點像的文字，果然逐漸發出金黃色的光芒，但是光芒只出現了十幾秒鐘。

李大虎說道：「要是把所有的文字和圖案都抹上血，會怎麼樣？」

老地耗子說道：「大當家的，誰願意出那麼多血呀？要死人的。」要把石壁上的所有文字和圖案都抹上血，少說也要上千毫升，一個人要是留那麼多血，在這種環境下，肯定會有生命危險。

李大虎把手槍上了子彈，眼睛環視了大家一圈，最後定在崔得金的身上，崔得金忙從腰間拔出手槍，對準苗君儒說道：「別想打我的主意，我就是死在這裏，也要拉上苗教授，你們誰都別想活著出去！」

虎子擋在苗君儒的面前，對崔得金說道：「崔……崔幹事……你不……不能這樣……蕭司令他……」

李大虎罵道：「媽的，你這個結巴子，不會說話乾脆就不要說了！你替苗教授擋著子彈，老子先斃了他！」

李大虎說著，槍口對準崔得金扣動了扳機。說時遲那時快，他身邊的齊桂枝伸出手，往下按他那握槍的手。「砰」的一聲，子彈射入崔得金面前的沙土中。

崔得金手中的槍也響了，子彈從虎子的鞋邊擦過，鑽進土裏。他揮了揮手裏的二十響德國造，打開連發保險，用手指頭指著自己的頭部，挑釁地望著李大虎：「有本事朝這裏打，我還有零點二秒鐘的時間扣動扳機。槍裏還有十幾顆子彈，都便宜你們了！」

他沒有說謊。在戰場上，即便把頭砍掉，失去頭顱的軀體，確實還能夠緊緊地扣住扳機，把槍裏的子彈射完為止。

李大虎瞪著齊桂枝道：「你幹嘛攔著我？」

齊桂枝說道：「李大哥，不能再死人了！」

李大虎說道：「死他一個，總好過大家都死在這裏！」

當李大虎第二次抬起槍口的時候，只聽得苗君儒沉聲喝道：「慢著！」

他推開虎子，對大家說道：「越是在困難的時候，越要注意團結。沒有一個人能夠單獨在惡劣的環境中活過三天。如果你們不相信，儘管試好了！」

李大虎說道：「苗教授，我不是想讓你快點破解那些文字和圖案，早點出去嗎？」

苗君儒說道：「那你們就應該給我時間，而不是讓我分心！」

老地耗子說道：「大當家的，聽苗教授的。崔幹事是八路軍，看在蕭司令的面子上，我們不能那麼做！」

李大虎把槍插回腰間，說道：「苗教授，我一直覺得這小子有很多事情瞞著我們，他對皇帝谷裏的情況，比我們都熟！」

老地耗子說道：「大當家的，他在抬棺村待了那麼久，肯定把很多路子都摸熟了。要想知道抬棺村的人和谷裏的人是什麼關係，問她就知道了！」

老地耗子這麼一說，大家都把注意力轉移到守金花的身上。

苗君儒微微一笑，老地耗子明明是李大虎的人，可在這當口，卻和齊桂枝一樣，都在幫助崔得金。他們兩個人和崔得金究竟是什麼關係？

剛才崔得金面對李大虎的槍口時，似乎並不懼怕，還一副胸有成竹的樣子。究竟是什麼原因令他有恃無恐呢？

守金花還沒有開口，崔得金就說道：「苗教授，你知道多少？」

他的眼睛有意無意地看著苗君儒胸前的七彩貝殼，想從苗君儒的眼神中找到答案。

苗君儒微微笑了一下，說道：「崔幹事，我現在只想怎麼樣帶大家儘快離開這裏。其他的事情，等出去之後再說。」

其實苗君儒早就注意到守金花所說的話，與抬棺村的人一樣，屬於安徽亳州的方言。而醜蛋在皇帝谷內的行為，以及給他的這串七彩貝殼，更能說明抬棺村的人，和皇帝谷內的人，是一種什麼樣的關係。

在這種場合之下，他不願意讓大家有過多的相互猜忌。不管怎麼樣，先想辦法走出這個地方再說。

李大虎說道：「苗教授說得對，不管每個人心裏有什麼想法，等出去再說。」

見大家沒有異議，苗君儒轉過身，重新研究石壁上的文字和圖案。除了崔得金外，其他人都站在苗君儒的身後。儘管他們沒有人能夠看得懂，但一個個摒著呼吸，看得很認真。

苗君儒用手在圓圈和五角星上輕輕撫摸著，眼睛順著五角星的五個角，向相反的方位望去。漸漸地被他看出一些門道來。

他撿起一塊小石頭，以五角星的中間為中心點，分別朝五個方向畫出一條射線。在這條射線上，所有的圖案和文字，居然是相同的，只是前後的位置不同而已。

老地耗子笑道：「教授就是教授，比我們有本事！」

崔得金把槍收起，乾笑了幾聲。

李大虎罵道：「你笑什麼？要不是看在蕭司令和苗教授的份上，老子一槍崩了你！」

崔得金大聲道：「苗教授，你進谷這麼久，別人看不出來，你還看不出來嗎？」

苗君儒轉身望著崔得金，從見到對方的那一刻開始，他就沒有小瞧過對方。也許在玄學的研究上，崔得金並不比他差多少。

他笑了笑，說道：「崔幹事，你又看出了什麼？」

崔得金說道：「過了樹洞之後，難道你們就不覺得這裏有什麼不同嗎？比如腳下踩的木板！」

李大虎說道：「我也覺得很奇怪，這些木板與其他地方的不同，被刷了一層黑漆。」

齊桂枝說道：「木頭被刷上黑漆，不容易爛呀！這個道理都不懂嗎？」

苗君儒呵呵笑道：「崔幹事，謝謝你的提醒，我終於明白了！」

老地耗子問道：「苗教授，你明白了什麼？」

苗君儒對老地耗子說道：「皇帝谷內暗藏陰陽五行之術，他們不懂，難道你也不懂嗎？」

老地耗子想了一會兒，慢悠悠地說道：「五行配五色，東方木，在色為蒼；南方火，在色為赤；中央土，在色為黃；西方金，在色為白，北方水，在色為黑。我們進來的方向，確實是東邊。東邊屬木，所以見到的都是樹林，腳下踩著的都是黑色的木地板。」

苗君儒接口道：「那片草地下的泥土是金黃色的，位在中央。而把我們都困在這裏的大石堆，無論是沙土還是石塔上的石塊，都是白色的。」

李大虎說道：「老地耗子，你不是說只要找到大明的皇陵，就能解開個萬古之謎，可是到現在，你都沒有告訴我們，那個萬古之謎到底是什麼？」

老地耗子問道：「你們有沒有聽過五行定乾坤？」

苗君儒微微一愣，他聽程姓的風水先生說過，風水堪輿的最高境界，就是能觀風水、辨氣象，看清來龍去脈，確定真穴所在，葬入真穴，後人當出皇帝，若再以陰陽五行定位，連接天氣靈氣，可掌乾坤萬代。但歷史上，還沒有出過這樣的高人。

見其他人都搖頭，老地耗子說道：「每一個做皇帝的，都希望子孫後代永遠做皇帝。做皇帝靠的是祖塋保佑，有的祖塋後天不足，就得找懂風水的高人修補。漢高祖劉邦登基後，命精通『天書』的張良修繕祖塋，填補風水欠缺，想保劉氏萬代基業，可只出了二十四個皇帝。同樣，唐高祖李淵命袁天罡和李淳風二人修繕大唐祖塋，李氏也只出了二十二個皇帝。為什麼會這樣呢？那就是陰陽五行沒有定住祖塋的風水，漏了真氣！祖塋風水的真氣一泄，皇帝就當到頭了。」

苗君儒點了點頭，所謂風水，就是藏風聚氣得水，分為陰宅（祖墳）和陽宅（住房）。風水的好壞，均關乎生人的吉凶休咎。現存最早出現「風水」一詞的文獻為舊題晉郭璞撰的《葬書》：「《經》云：『氣乘風則散，界水則止。』古人聚之使不散，行之使有止，故謂之『風水』。風水之法，得水為上，藏風次之。」

陰陽五行與風水堪輿術結合，是在漢代。早期的相地術，以觀察地形為主，占卜吉凶為輔，到了漢代，受當時盛行的陰陽五行學說影響，把興工動土的人事與天體運行相聯繫，產生「黃道」、「太歲」、「月建」等宜忌，以及五音配五行的圖宅術，地道（空間）的觀察與天道（時間）的占測並行不悖。同時，又認為陰宅位置關乎子孫後代的命運。魏、晉以後，相地術除承襲陰陽五行、天人感應諸法外，尤其講究審察山川形勢和墓穴、宮室的方位、向背及排列結構，其中突出的傾向是葬地選擇越來越受重視。

在郭璞的《葬書》，明確提出「乘生氣」之說，認為死者的骸骨可通過土中的「生氣」勃勃與在世的子孫產生感應，從而左右他們的命運。其說為後世的術家所尊奉，附會出極為複雜的理論體系，助長了厚葬的習俗。

正因為厚葬的盛行，才令盜墓人有利可圖，也使得這個古老而又神秘的職業一直延繼下來。以老地耗子的身分，對風水堪輿方面的知識，懂得自然比一般人多。

苗君儒問道：「聽你們這麼說，皇帝谷裏暗藏了陰陽五行，可以使葬在這裏的人後代都當皇帝。那為什麼明朝包括後面的幾個短命皇帝一起，只出了二十個皇帝呢？」

老地耗子正色道：「我不是說過嗎？一定是漏了真氣！」

苗君儒笑道：「以前那些進入皇帝谷的人，都死在了裏面，那麼他們的後代，怎麼就沒有當皇帝呢？」

老地耗子說道：「是大當家的要我說的。連我都想不到谷內居然是天生的陰陽五行風水，這樣的好地方，風水先生找一輩子都找不到。」他轉了一個圈，繼續說道：「肯定是哪個地方出了問題，導致葬在這裏的皇陵漏了氣。至於那些死在這裏面的人，沒有選對入土的時辰和方位，肯定受不到陰陽五行風水的庇佑，自然成不了氣候。嘿嘿！」

苗君儒也是懂風水的人，老地耗子這麼解釋，雖然不著邊際，卻也勉強能夠說得過去。

李大虎叫道：「老地耗子，都什麼時候了還在故弄玄虛，別說什麼五行陰陽了，倒是想辦法幫助苗教授把大家都救出去才是。」

老地耗子說道：「我這不是在幫嗎？你看苗教授畫的這五條線，不就是與陰陽五行相通的嗎？我們現在所處的位置，應該在西邊！」

崔幹事將腿上綁著的血布條解開，鮮血立即從傷口湧出來，他吃力地說道：「苗教授，這些血夠嗎？」

苗君儒撕了一塊布，在崔幹事的傷口上沾了一些血，低聲道：「謝謝。等出去後我就叫守金花帶你去不死神泉治傷。」

崔得金低聲道：「苗教授，我想求你幫我一個忙！」

苗君儒低聲道：「要我幫什麼？」

崔得金拿出一塊殘缺的袁大頭，遞給苗君儒，低聲道：「如果你能夠活著離開皇帝谷，麻煩你去邯鄲城的博雅軒，把這塊袁大頭交給掌櫃的孫老闆。」

苗君儒愣了一下，老地耗子一直懷疑何大瞎子的失蹤，與博雅軒的孫老闆有很大的關係。他與孫老闆有過一面之緣，覺得此人不像個好人。崔得金是蕭司令的人，有什麼遺言託付，應該要轉達給蕭司令才對，怎麼會輪到孫老闆呢？而這塊殘缺的袁大頭，又是代表著什麼意思？

苗君儒低聲道：「你和他是什麼關係？」

崔得金笑了一下，說道：「他見到袁大頭，自然會告訴你的！」

苗君儒收起袁大頭，起身走回石壁前，用沾了血的布條去抹五角星西邊那條線上的文字和圖案。

血一抹上去，奇怪的事情發生了，那些文字和圖案發出光芒。眼前一道刺目的亮光，隨著「轟隆」一聲，眼前的石壁陷進去一大塊，露出一個洞口來。下面是一個一人多高的通道，有台階順著往下。

一股冷風從裏面吹出來，吹得人連打幾個寒戰，起了一層雞皮疙瘩。

老地耗子朝下面看了看，說道：「咦，裏面有光！」

通道似有柔和的光線透出，並不像一般的地洞那麼漆黑。通道兩邊由石塊砌成的石壁，頂部是一整塊石板。石壁上亮晶晶的，像是結了一層冰。

李大虎說道：「怎麼不是往上去的？」

老地耗子說道：「大當家的，有路總比沒路好。」

李大虎說道：「你不是說很多地洞裏面都有機關的嗎？誰先下呀？」

老地耗子看了看眾人，說道：「抽籤！」

抽籤的最後結果，是崔得金進去。他包好傷處，掙扎著起身，拖著傷腿一步一拐地朝洞口走過去。苗君儒上前一步，拉住崔得金說道：「我進去！」

崔得金推開苗君儒，說道：「謝謝你的好意，可別壞了規矩！」

在這種充滿兇險的地方，每個人都生死未卜，隨時都有可能沒命。第一個下去的人，死亡的機率比後面的大得多。崔得金那麼做，是不願苗君儒替他死。

崔得金一步步的走近洞口，伸腳下去的時候，不忘回頭對大家，用一種怨毒的聲音說道：「我先走一步，你們跟著來呀！」

他的話就像是惡魔的詛咒，讓大家不寒而慄。

苗君儒上前扶著崔得金，說道：「你走路不方便，我扶著你一起下去，總行了吧？」

崔得金緊緊地抓著苗君儒的手，說道：「苗教授，我知道你是好人，我不想你跟我一起死！」

苗君儒笑道：「有一個高人替我算過命，說我會死在高處，命終於西方。這裏是中原地帶，而且是往下走的，怎麼會死呢？我死不了，你也不會死的。」

（作者注：一九五四年，苗君儒帶隊進入西藏考古，不幸在一次意外中身亡，終年五十八歲。詳情見拙作《盜墓天書》）

崔得金點點頭：「我信你！」

苗君儒扶著崔得金走下去，為以防萬一，他們走得很小心。接連下了幾級台階，並未發現異常，倒是就覺得通道內有些寒氣逼人，連呵出去的氣都變成了白霧。

虎子想跟進來，但是守金花比她快了一步。

李大虎和齊桂枝是跟著虎子走進來的，兩人都抱著胳膊，打了幾個哆嗦。

老地耗子走在最後，當他下了三級台階後，「轟隆」聲起，身後的洞口不見了，取而代之的是一塊大石壁。

沒有退路，大家只得硬著頭皮往前走。儘管通道內很冷，可還不至於把人凍僵。

苗君儒拔出青釭劍護在胸前，細心留意腳下的石板和兩邊的牆壁，只要聽到有一絲異常的響動，他都會將崔得金扯向身後。以他的武功，用青釭劍抵擋射出的機關暗器，應該不是一件難事。

每個人都走得很小心，完全能聽到身邊人的呼吸。人處在這種緊張的狀態，完全忘卻了寒冷。走完長約兩百米的通道，苗君儒居然感覺背心出了一層汗。

眼前又是一個大空間，與上面的空間不同的是，這個空間呈圓柱形，周邊是圓的，頂部卻是平的。和通道內一樣，牆壁上白亮亮的，結了一層薄冰。光線柔和，卻找不到光線的來源。

正中是一眼噴泉，水流高出水面約半米，八塊兩尺高的石頭圍欄，呈八卦狀圍在四周，水質清冽，沒有結冰。

奇怪的是，他們站在距離噴泉不到五米的地方，居然聽不到噴泉的水流聲。在泉水的四周，按著東南西北四個方位放著四口石棺。石棺的石質也是白色的，長約二點五米，寬約一米，高約一點五米。石棺表面平滑整潔，也沒有任何紋飾。

虎子飛快衝到水邊，彎腰伸手去捧水喝，手還未觸到水面，卻聽苗君儒叫道：「不要碰！」

虎子嚇得一哆嗦，把手縮了回來，扭頭疑惑地看著苗君儒。

苗君儒指著左邊說道：「你們看那邊！」

在左邊一具石棺的旁邊，躺著兩個死人，其中一個人穿著日軍少佐的軍服，雙手握著指揮刀，腹部插著一把匕首，另一個人的身上穿著八路軍的軍裝，胸口有兩個槍眼，兩具屍體身上都結了一層白霜。而就在這兩具屍體的旁邊，卻躺著一具人體的骸骨。骸骨的身上沒有任何衣物，右手上有一支駁殼槍，左手齊腕而斷，斷手落在旁邊，卻骨肉完整，只不過緊握成拳狀。

崔得金呆呆地望著那具穿著八路軍服裝的屍體，喃喃地說道：「他果真死在這裏了！」

苗君儒問道：「他是誰？」

崔得金說道：「遊擊隊長魯大壯。我聽說他一年前抱著必死的決心，向蕭司令請命進入皇帝谷，蕭司令原本不同意的，後來不知怎麼竟然同意了。同行十幾個人，沒有一個出去，都死在了裏面。」

苗君儒「哦」了一聲，問道：「蕭司令原本不同意，後來卻同意了。以你們八路軍的行事風格，是絕對不會讓人白白進來送死的，除非魯大壯有幾成勝算的把握，是不是？」

崔得金點了點頭，說道：「我後來才知道，魯大壯帶進來的那十幾個人裏面，有一個身分很特殊的人。」

苗君儒說道：「我聽說守春有兩個兒子，名字叫守金和守銀，不知哪一個參加了遊擊隊？」

崔得金欽佩地望著苗君儒，說道：「是守金，他是抬棺村的人，以抬棺村和皇帝谷的關係，有他在隊伍裏，魯大壯就多了幾分完成任務的機率。」

苗君儒說道：「這裏有三具屍骨，一具是魯大壯，另一具是不知名的日軍少佐，而剩下這具骸骨……」

李大虎問道：「如果他是守金，為什麼和另外兩個人不一樣，只剩下骸骨了呢？」

苗君儒望著虎子問道：「你是不是想去喝水？」

虎子點了點頭，自進谷之後，所有的食物和水都已經遺失，幾個人忍著饑渴走了那麼多路，都有些撐不下去了。

苗君儒吃了幾個醜蛋摘給他的桃子，倒是不覺得饑渴，可李大虎他們幾個人就不同了。要不是他叫住虎子，他們都會撲到噴泉邊去牛飲一番。普通人沒有食物，可以熬上好幾天，若是連水都沒有，很難熬過三天。

他們一定是被什麼恐怖的東西追著逃過獨木橋的，否則也不至於那麼狼狽，連河邊桃樹上熟透的桃子，都來不及摘幾個充饑。

虎子反問道：「你……懷懷……疑泉水有……有毒？」

苗君儒說道：「不是懷疑，是肯定！我一聞到空氣中有一絲帶有酸味的牛奶香，就覺得似曾相識。當年我在寧夏的戈壁灘考古的時候，也在一個地方聞到過。當時我們幾個人又累又渴，就在身體支撐不住的時候，卻看到一眼泉水，我看到泉水邊上有不少人類和動物的骸骨，懷疑泉水有毒，可惜我還沒來得及提醒同伴，就眼看著他們在喝完泉水後，痛得滿地打滾，沒兩分鐘就斷了氣。死後沒一會兒，屍體上的肉就化成了血水，只剩下骸骨了。後來我從一個法國的地理學專家那裏得到了答案，這是一種從地底最深處滲透出來的泉水，這種泉水在滲透的過程中，受到礦物岩層的化學作用，水裏面含有劇毒物質，還有很強的腐蝕性。我清楚地記得站在泉水邊上聞到的味道，就是這種味。當我看到這具骸骨的時候，肯定了自己的想法。如果有誰想變成他那樣的，儘管去喝好了！」

他從地上拾起一截斷掉的槍把，丟到泉水裏。只見槍把浮在水面上，泉水立即像被煮開了一般沸騰起來，隨著白氣的升起，眼見著槍把慢慢融化，最後不見了。

眾人面面相覷，恐懼地望著噴泉，誰都不敢走過去了。

李大虎問道：「他們三個人怎麼會同時在這裏？」

按他的意思，魯大壯是八路軍的遊擊隊長，絕對不可能和日本人攪合在一起。

「當面對更大的危險時，兩個仇人可以成為暫時的朋友！」苗君儒走到兩具屍體旁邊，仔細觀察了一下，接著說道：「你們會不會覺得很奇怪？魯大壯是被槍打死的，而槍卻在這具骸骨的手中，如果骸骨是守金，他為什麼要殺死魯大壯？至於那支斷手，看樣子是握著指揮刀的日軍少佐砍下來的。你們再看噴泉裏的水，距離水面約一米，即使趴在石頭圍欄上，若不用手去捧或用東西舀，是絕對喝不到水的。如果日軍少佐砍手在前，那麼，這具骸骨怎麼可能在另一支手拿槍的情況下，喝下有毒的泉水呢？再者，魯大壯的匕首還插在腰間，殺死日軍少佐的匕首又是誰的呢？他們三個人之間，究竟發生了什麼事？」

被苗君儒這麼一問，大家都覺得問題很嚴重，想來想去，也沒有一個人說話，因為誰都想不明白。

苗君儒接著說道：「只要有一絲活著離開這裏的可能，我想他們都不會這樣子。」

過了片刻，虎子問道：「你的意……意思是沒……沒有人能夠活著離……離開這裏，如果日本人不……不是魯……魯隊長殺的，會是……誰幹的呢？」

苗君儒笑道：「我也想知道答案。」

虎子問道：「那我……我們能不能活……活著離開？」

苗君儒沒有說話，這個問題他確實沒有辦法回答。一股死亡的氣息在大家的心中瀰漫開來，除苗君儒和守金花外，其餘的人都面露恐懼之色。

苗君儒看著那隻斷手，或許在這隻斷手上，能夠找到解開他心中謎團的線索。他彎腰撿起那隻斷手，接著說道：「要想弄清楚他們為什麼會這樣子，我認為線索可能就在這裏面。」

他用力掰開僵硬的手指，眼前金光一閃，一枚金屬物件從斷手的手心掉在地上，沒等他看明白，守金花衝上前，將那金屬物件抓在手裏。

他望著守金花，柔聲道：「告訴我，你手上拿著的是什麼？」守金花驚恐地往後退，想要把那金屬物件藏在身後，齊桂枝趁她不備，動作迅速地從她手中把那金屬物件搶了過去。她衝上前要去奪回，可齊桂枝已經躲到李大虎的身後。

李大虎手中握了一支槍，黑洞洞的槍口對準守金花。

苗君儒叫道：「姑娘，不要衝動，我們只不過想知道那是什麼東西。放心吧，會還給你的！」

齊桂枝伸出手，讓大家看清她手裏的東西。

那是一枚長約五寸，通體金黃，造型古怪的鑰匙。

李大虎說道：「苗教授，你是考古學者，你來看看這是什麼東西！」

其實苗君儒已經看清了齊桂枝的鑰匙，只是他有些不相信自己的眼睛而已。

一直沒有開口的老地耗子終於說話了：「苗教授，你不可能不認識這件東西，對吧？」

苗君儒說道：「是的，我認識這件東西。只是我不敢相信！」

「有什麼不敢相信的？」李大虎急切地說道：「苗教授，不要再拐彎抹角了，快點告訴我們，究竟是什麼東西。」

苗君儒長長歎了一口氣，緩緩說道：「霸王之鼎，不祥之物呀！」

李大虎聽得一愣一愣的，他懷疑自己是不是聽錯了，明明是一枚長不過五寸的金鑰匙，怎麼說是霸王之鼎呢？

崔得金說道：「有關霸王之鼎的傳說，我也略知一二，傳說是真的嗎？」

有些傳說雖然顯得荒誕無稽，但卻與真實的歷史出入並不大，只是由於某些方面的原因，被人為地將那些史實變成神話般的傳說，漸漸地就沒有人相信，更沒有人去追尋其根源，只將其故事作為傳說流傳而已。

苗君儒微微苦笑了一下，說道：「是不是真的，並非我說了算！如果霸王之鼎真的在這谷裏，就由不得人不信了。」他轉向李大虎，接著說道：「這枚金鑰匙並非霸王之鼎，而是打開洪荒之門的鑰匙。任何人只要能夠打開洪荒之門，就能問鼎天下，成為一代帝王！」

虎子問道：「霸……霸王之鼎和西……西楚霸王有……有什……什麼關係？」

老地耗子的聲音像從地底下傳出來一樣，冷冰冰地說道：「當然有關係！」

第三章

死亡詛咒與石棺

齊桂枝看著地上的幾具屍首，說道：
「每個尋找霸王之鼎的人，都離奇般的從世上消失。
我們……會不會和他們一樣？」
老地耗子說道：「苗教授，你好像漏了什麼沒說吧？
張良命巫師在金鑰匙上下了死亡詛咒，
見到金鑰匙的人，四者存一，誰都逃不過。」

苗君儒看著老地耗子，兩人的眼神接觸了一下，相互揣摩對方的心思。作為一個老盜墓人，知道一些民間傳說與歷史典故，並不奇怪，奇怪的是他說話的口氣，和先前認識的老地耗子，似乎不是一個人。

李大虎對苗君儒說道：「苗教授，別理他，說出來讓大家知道。就是死在這裏，也死得明明白白，總比做個糊塗鬼強多了！」

其實最早與霸王之鼎有關係的人，並不是西楚霸王項羽，而是治水的大禹。大禹治水有功聞名天下，在舜病死後，受諸侯的擁戴，成為領導諸侯的「王」，以安邑（今山西夏縣）為都城，國號為「夏」。後收取天下的銅，鑄成了九鼎，作為天下共主的象徵。九鼎共分天下，這就是華夏九州的由來。

大禹將其中的八個鼎，冊封給東南西北四個方位勢力最大的八個諸侯，自己擁有其中的一個鼎。傳說大禹所擁有的那個鼎，與其他的八個鼎不同，鑄成之日，銅鼎放射出萬道金光，百里外都能看得見；天空中出現七彩雲霞，並有仙樂陣陣，鳳凰飛到王宮的屋簷上，鳴叫三聲後往西南方向飛走。另有一隻巨大的玄鳥飛到王宮的上空，展開的翅膀幾乎遮住了陽光，玄鳥的叫聲嘶啞而悲哀，盤旋一陣後，跟隨鳳凰往西南方向飛去。大禹將此鼎封為王之鼎，他認為此鼎雖有祥瑞，但也寓意著不祥，遂命人將此鼎沉於雲夢之澤。

王之鼎在雲夢之澤中沉睡了幾百年，直到夏朝的最後一個名叫桀的「王」出現。桀又名癸、履癸，史書上稱為夏桀。夏桀文武雙全，赤手可以把鐵鉤拉直，但荒淫無度，暴虐無道。在位時，各方諸侯已經不來朝賀了，夏王室內政不修，外患不斷，重用佞臣，排斥忠良，德政衰敗，民不聊生，各種矛盾日趨尖銳，危機四伏。但夏桀不思改革，驕奢自恣。

據《竹書紀年》記載，他「築傾宮、飾瑤台、作瓊室、立玉門」。還從各地搜尋美女，藏於後宮，日夜與妹喜及宮女飲酒作樂。他很小的時候，就聽說了有關王之鼎的故事，儘管宮內收藏的財寶不計其數，可是對王之鼎充滿好奇之心的夏桀，還是忍不住派人去雲夢之澤尋找王之鼎。

皇天不負苦心人，在夏桀派出第十三撥人之後，終於如願以償地得到了他想要的東西。

歷史資料中找不到對這只王之鼎的任何描述，所以除了見過它的人之外，沒有人知道它究竟是什麼樣子。

苗君儒曾經在一個夏朝的王侯墓葬中的青銅器皿上，發現了一些甲骨文，

「王數日擁鼎而臥，奇於鼎，疏於美色，自喻神烏，不滅。大夫關龍逢諫，王殺之，血入鼎，沸聲震天，黑氣數十丈……」，其中的意思就是夏桀得到王之鼎之後，數日抱著鼎睡覺，連美人都顧不上了，驚歎於王之鼎的神奇，於是認為自己是天上的太陽，永遠都不會滅亡。大夫關龍逢勸諫，卻惹怒了夏桀，被夏桀殘殺，鮮血濺到鼎內，像開水一樣沸騰起來，聲音震天，接著黑氣竄起幾十丈高。

夏桀為什麼認為自己得到了王之鼎，就不用擔心天下滅亡呢？苗君儒也想解開這個歷史之謎，雖然他後來在水神幫中又知道了一些，可惜由於王之鼎的史料太有限，而令他無法尋求歷史根源。（有關苗君儒與水神幫的故事，見拙作《黃帝玉璧》）

就在夏桀日益失去人心，眾叛親離的時候。商部落在其首領湯的領導下，日益強大起來。湯通過各種懷柔和交換的手段，陸續擁有了八個鼎。八個鼎一到手，湯就在名相伊尹的謀劃下，起兵伐桀。經過幾年的戰爭，終於打敗了夏桀，得到王之鼎。湯擁九鼎而立威天下，成立了商朝，史稱為商湯。

商湯將九個鼎放進大爐中融化，奇怪的是，八個鼎均已融化，唯獨王之鼎在銅水中煮了七天七夜，一點破損都沒有。商湯聽說過王之鼎的神奇，命人從銅水中撈出，而後祈禱上蒼。負責祭祀的大巫師對商湯說，王之鼎受到天神的護佑，誰擁有王之鼎就能擁有天下。夏桀之所以失去天下，是因為關龍逢的血濺到了鼎上，忠臣的怨氣惹怒了天神，使夏朝滅亡了。只要能夠消除鼎上的戾氣，王之鼎就能恢復原先的祥瑞。

同樣沒有任何歷史記載，那個大巫師是用什麼方法除去王之鼎上的戾氣的。幾百年來，王之鼎放在商朝宮殿中一處很隱秘的地方，只有皇帝等少數一些人知道它的存在。直到有一天，商朝的最後一個皇帝帝辛（世稱商紂王）發現王之鼎不翼而飛，遷怒於身邊的近臣和大臣，人們才想起這件神奇的物件來。

一般人只要提到紂王，就以為他天生殘暴，荒淫無度且濫殺無辜，且不知歷史上真實的帝辛天資聰穎，德才兼備，且武力過人，有倒曳九牛之威，具撫樑易柱之力，深得父親的歡心。帝辛繼位後，重視農桑，社會生產力發展，國力強盛。發起對東夷用兵，打退了東夷向中原擴張，把商朝勢力擴展到江淮一帶，國土擴大到山東、安徽、江蘇、浙江、福建沿海。他的前半生確實做了很多有意義的事，到了後半生，變得居功自傲，荒淫無比，寵愛蘇妲己，耗鉅資建鹿台，造酒池，懸肉為林，修建豪華的宮殿園林，過著窮奢極欲的生活。他剛愎自用，寵信小人，不聽忠臣之言，使用炮烙等酷刑對付忠臣。

從另一個角度去觀察紂王和夏桀，發覺他們兩人竟然離奇般的相似，所作所為與原先的紂王和夏桀不同，完全判若兩人。是什麼原因使他們變成那樣的呢？沒人能夠找得出答案。

如果從傳說中去尋找原因，或許有些蛛絲馬跡。夏桀是在想得到王之鼎的時候開始變的，而紂王卻是在失去王之鼎的時候開始變的。一得一失，冥冥之中似乎又預示著什麼。

無論紂王想盡什麼方法尋找王之鼎，王之鼎就像在人間消失了一般。沒有多久，鳳鳴岐山，武王姬發舉行祭天儀式，供王之鼎於神壇之上，歷數紂王無道，開始伐紂。紂王怎麼都沒有想到，藏在深宮之內的王之鼎，怎麼會到了武王的手裏？紂王至死都沒有找到失去王之鼎的原因。

到了春秋戰國時期，王之鼎在各諸侯國中轉了一個圈，最後為秦穆公所得。每個得到王之鼎的國君，都成了霸主。於是更多的人相信王之鼎是上天的神器，誰擁有它，就能擁有天下。

秦穆公將王之鼎傳到秦王嬴政的手裏，嬴政果然不負祖上所望，勵精圖治，經過多年的努力，統一了六國。秦始皇為了不讓後人知道王之鼎的秘密，派人收集六國中所有記載了王之鼎的書籍，予以焚毀，此舉引來了士賢們的非議。秦始皇一怒之下，坑殺了一大批非議他的士賢們。這就是焚書坑儒的由來。雖然歷史上對秦始皇焚書坑儒的原因有諸多的說法，但沒有幾個人知道真正的原因。

楚霸王項羽起兵反秦，兵入咸陽，火燒阿房宮，王之鼎為項羽所得。項羽將王之鼎命名為霸王之鼎，以為得到了霸王之鼎就能擁有天下，於是驕橫不可一世，不把任何人放在眼裏。與屬下談事的時候，總喜歡把鼎托舉在手裏，以顯示他的天子霸氣，這就是霸王舉鼎的來歷。

誰都沒想到，楚漢相爭的最終勝利者，居然是劉邦。項羽烏江自刎之後，霸王之鼎落入劉邦之手。誰擁有霸王之鼎，誰就能擁有天下的神話，最終像氣泡一樣破滅了。但霸王之鼎的神奇，仍令劉邦另眼相看，視為心愛之物。張良卻認為霸王之鼎是件不祥之物，劉邦最後聽從了張良的建議，命張良將霸王之鼎藏在一個任何人都找不到的隱秘地方。從這以後，霸王之鼎徹底從歷史舞台中消失了。

但又有傳說，張良將霸王之鼎藏在一處具有天子之氣的地方。要想找到霸王之鼎，就必須打開一扇通往地獄的洪荒之門，而打開洪荒之門的金鑰匙，就放在一處任何人都能進入，卻無法出來的地方。

從三國開始，不少英雄豪傑和民間能人異士，都想找到傳說中的霸王之鼎，卻一直沒有人能夠找到。

霸王之鼎又被人稱為死亡之鼎，因為每一個尋找它的人，都離奇般的從世上消失了，生不見人死不見屍。

當苗君儒一口氣說完有關霸王之鼎的傳說後，發覺所有人都用一種很奇怪的眼神望著他，完全忘記了寒冷，以至於身上什麼時候結了一層薄霜，都不知道。

他看著齊桂枝手裏的金鑰匙，繼續說道：「你們還有什麼想要知道的嗎？」

李大虎呵了一口氣，問道：「苗教授，你的意思是，只要拿到了金鑰匙，就能得到霸王之鼎？」

苗君儒點了點頭。

李大虎又問道：「你說了這麼多，得到霸王之鼎的人既然不一定能得到天下，那它的神奇之處究竟在哪裏呢？」

苗君儒笑道：「只有見過它的人，才知道它的神奇，老地耗子，我說的對吧？」

老地耗子並沒有說話。

崔得金冷笑道：「你是考古學者，知道得自然比別人多。現在我只想知道，你跟我們進谷的真正目的是什麼？是你的導師，還是霸王之鼎？」

苗君儒笑道：「你們每個人的心中都有一個目的，我也一樣。至於我的目的是不是你說的那兩種，暫時無法回答你！」

齊桂枝問道：「你說每一個尋找霸王之鼎的人，都離奇般的從世上消失。我們……」她看著地上的幾具屍首，說道：「會不會和他們一樣？」

老地耗子陰森森地說道：「苗教授，你好像漏了什麼沒說吧？張良命巫師在金鑰匙上下了死亡詛咒，見到金鑰匙的人，四者存一，誰都逃不過。」

水神幫有幾代幫主都曾多次派人尋找金鑰匙，身為水神幫長老的苗君儒，怎麼會不知道金鑰匙上的死亡詛咒呢？只是他不願在這種地方說出來，使大家徒增恐懼而已。

老地耗子的話一說完，虎子和崔得金等人臉上頓時多了幾分恐懼之色，連一向對老地耗子呵斥慣了的李大虎，也有些畏懼地看著老地耗子。

且不說老地耗子與邯鄲城博雅軒的孫老闆，以及何大瞎子是什麼關係，單從他帶苗君儒去那個空墓穴這件事，就能看出，此人身上有著太多不為人知的秘密，連李大虎都摸不著他的底細，城府之深完全出乎人的意料。

齊桂枝低聲問道：「你說見到金鑰匙的人，四者存一，他們只有三個人，所以全都死了，我們現在有七個人，也就是說，最少有兩個人能活著，是不是？」

苗君儒在三具屍骸旁邊看了看，說道：「從現場看，我認為這裏曾經至少有四個人。」

李大虎問道：「如果有人活著出去，那為什麼不把金鑰匙帶走呢？」

苗君儒說道：「這個問題我已經想過，唯一的解釋，就是那個活著的人來這裏的目的，並不是為了霸王之鼎。」

李大虎說道：「既然有人已經活著出去了，那我們就一定能活著出去，是不是？」

老地耗子嘿嘿地笑了幾聲，說道：「如果你想活著出去，就得把別人殺掉。否則，誰都逃不過死亡詛咒。」

地上那幾具屍骸的死狀，證實老地耗子所言非虛。殺死日本鬼子的那把匕首，一定是那個活著離開這裏的人留下的。

殘酷的生存法則，殺死別人，自己才能活。若真是這樣，站在這裏的每一個人，都會毫不猶豫地朝身邊的人下手。

每一個人望著別人的眼神，無形之間多了幾分敵意和殺機，空氣都幾乎變得凝固起來，充滿了嗆人的火藥味。

苗君儒低聲道：「大家別著急，先把這幾具棺材打開看看，或許能發現些什麼！」

他這麼說的目的，無非是想緩解緊張的氣氛。守金花是為了救他而掉下來的，他可不願看到她變成別人襲擊的目標。如果有誰想出手殺人，他首先要做的，就是保護守金花。

老地耗子哼了一聲，說道：「苗教授果然是高人，不用你動手就把人給算計了！」

苗君儒生氣道：「你這麼說是什麼意思？」

老地耗子說道：「意思很清楚呀！我們進來的那條通道，若不是之前有人走過，你和崔幹事會走得那麼輕鬆嗎？這四口石棺看樣子沒人動過，你敢說沒有機關？」

苗君儒笑道：「能夠有膽量進皇帝谷的，還怕打開幾具石棺嗎？你們要是害怕，就躲遠點，我可無法擔保會不會有什麼機關暗器射出來。」

聽了他的這番話，李大虎等人下意識的後退了幾步，只有守金花站著沒動。

苗君儒走到一具石棺邊上，動手掀開棺蓋。他嘴巴上雖然那麼說，可心底早已經存了幾分警惕。老地耗子說得不錯，在這種地方，到處都是機關，稍有不慎，隨時都會沒命的。古代墓葬的防盜手段神秘莫測，盜了一輩子墓葬的老盜墓，很多都死在古墓中。

古人在裝殮屍體的時候，通常喜歡用木棺，也有以銅和石頭製作的棺材。普通人的屍體入棺之後，木棺一般用粗大的棺材釘釘死。銅棺則以銅汁將棺蓋與棺身澆死，連為一體。而石棺則多用糯米石灰膠泥封住棺蓋與棺身之間的縫隙，也有用石頭鉚釘扣死的。

他把手搭在石棺的棺蓋上，仔細看了棺蓋與棺身之間的縫隙，並未發現有糯米石灰膠泥封住的痕跡。石頭鉚釘雖然能將棺蓋扣死，但仍有些許可移動的空間。不管什麼棺材，只要被盜墓賊光顧，就很難留下有價值的東西了。

他以前挖開的很多大型墓葬，都已遭到盜墓賊的洗劫，找不到幾件有價值的東西。

石棺棺蓋厚達五寸，有數百斤重。苗君儒運內力於手上，試探性的推了一下棺蓋。他原以為以他的力氣，要想移動數百斤重的棺蓋，並非難事。哪知一推之下，棺蓋居然紋絲不動。

「我來幫你！」守金花走了過來，站在苗君儒的身邊，接著低聲說道：「四座石棺，三座都是死棺，打開會死人的，只有一座是活棺！」

苗君儒愣了一下，低聲問道：「哪一座是活棺呢？」

守金花遺憾地笑了一下，說道：「我也不知道，是聽族裏的老人說的。」

苗君儒的心弦一動，根據民間傳聞，見到金鑰匙的人，四者存一，這裏有四座石棺，其中三座是死棺，只有一座是活棺。金鑰匙的詛咒和石棺之間，莫非有什麼聯繫不成？打開了那座活棺，是不是就能走出去呢？

見苗君儒沒有打開石棺，李大虎叫道：「苗教授，如果力氣不夠的話，用你那把劍先撬開一條縫！」

這倒是一個方法，但是苗君儒並沒有用。他蹲在地上，重新打量起那具穿著八路軍軍裝的屍骸來，過了片刻，他用手拂開結在屍骸臉部的冰霜，扭頭道：

「崔幹事，你確定他是魯隊長嗎？」

崔得金說道：「我雖沒有見過魯隊長，可聽別人說過，如果他不是魯隊長，還會是什麼人呢？」

苗君儒起身道：「這具屍體的臉上被冰霜結滿，根本看不出他本來的面目，就是認識他的人，也不見得一眼就能認出。還記得你見到這具屍骸時說的第一句話嗎？你說的是『他果真死在這裏了』，你並不認識魯隊長，卻肯定他就是魯隊長。如果我沒有猜錯的話，是有人告訴你，魯隊長被人殺死在這裏。你事先就知道了答案，只是有些懷疑而已。所以你在見到屍骸之後，才會說出這樣的話！崔幹事，那個告訴你答案的人，應該就是從這裏活著出去的人。難道他沒有告訴你，他是怎麼出去的呢？」

被苗君儒這麼一問，崔得金的臉驀地變得煞白，他仰頭乾笑了幾聲，說道：「苗教授，我真是太低估你了，想不到連一點小小的破綻，都能被察覺到。」

李大虎端槍對準崔得金吼道：「他奶奶的，快說，不說我先斃了你！」

崔得金得意地笑道：「你開槍吧，殺了我，誰都活不了！」

李大虎的手指搭在扳機上，眼睛冒著火，卻不敢扣下扳機。如果崔得金活著，他就有希望活著出去，打死崔得金，自己也得死在這裏。

苗君儒說道：「大當家的，還是把你的槍收起來吧！」

李大虎訕訕地垂下槍口，在這種地方，「死」是威脅不了別人的。如果知道自己可能會死，心裏面還巴不得有別人一起陪著死呢！

苗君儒緩緩說道：「崔幹事，我還想知道，這三個人是怎麼死的？」

崔得金說道：「要我說出來，沒問題，但是我有兩個條件，第一，叫老地耗子用殭屍粉治好我的傷，第二，我要金鑰匙！」

老地耗子說道：「我哪還有殭屍粉？都讓苗教授用在那個大怪物身上了。」

李大虎從牙齒縫裏擠出兩個字：「給他！」

老地耗子是什麼人？像殭屍粉那麼珍貴的奇藥，他捨得一次性全部給別人嗎？李大虎不敢殺崔得金，但要對付他，還是輕而易舉的。他臉上的肌肉抽搐了幾下，從貼身的衣服裏摸出一個小紙包，拋給崔得金。

有了殭屍粉，崔得金的傷勢很快痊癒，他走到齊桂枝面前，拿走了金鑰匙。

苗君儒說道：「你的傷已經好了，金鑰匙也在你手上，現在你可以說了吧？」

崔得金拔出了盒子槍，當著大家的面打開保險，警惕地看著大家，說道：「我答應過那個人，不會說出他的名字。但我可以告訴你們，怎麼樣才能從這裏出去！」

聽了這話，苗君儒微微笑了一下，從這裏活著出去的那個人，告訴了崔得金有關皇帝谷裏面的一些事情，而崔得金也遵守自己的承諾，不把那個人的秘密說出去。如果他那晚在收魂亭邊看到的人影就是那個人，那麼，崔得金和那個人之間，是否還存在別的約定呢？而他所聽到的那些話，又是什麼意思呢？

李大虎大聲道：「姓崔的，兩個條件我們都已經答應你，現在你可以說了吧？」

崔得金看著四口棺材說道：「這四口棺材中，有三具是死棺，只有一具是活棺，出去的通道就在活棺裏。很簡單，用人血塗抹在其中的三口棺材上，就知道哪一具是活棺了！」

李大虎似乎不相信，追問道：「真的嗎？」

崔得金用詭異的眼神看了苗君儒一眼，對李大虎說道：「每一口棺材用一個人的血，要全部塗滿！」

如果用一個人的血塗滿整座棺材，那個人還有命在？

苗君儒退到一旁，眼角的餘光感覺守金花有些異樣地看著他。當他扭頭去看時，卻見守金花的眼睛死死地盯著虎子。虎子的右手拿著一把匕首，目光卻停留在老地耗子的身上。老地耗子站在離大家最遠的地方，微微躬著身子，右手插在褲袋裏，不知在做什麼。

李大虎和崔得金都把槍口端平，槍管左右移動，對準每一個目標，槍口似乎隨時會射出子彈。

每個人的呼吸都急促起來，神經繃得緊緊的，空氣幾乎凝固了，死亡的氣息一下子籠罩在眾人的頭上。沒人敢說話，更不敢亂動，生怕一個不經意的舉動就成為眾矢之的，引來殺身之禍。

連噴泉都幾乎被凍住了，靜得連自己的心跳都聽得一清二楚。每個人都感覺自己的心跳在加速，血液在身體的每一處血管中急速流動。

崔得金的話，與死亡詛咒很吻合。只要死三個人，用三個人的血，找出那具活棺，就能救一個人出去。但仔細一想，他的話未必可信。死亡詛咒中的四者存一，如果是僅僅四個人的時候，還能解釋得通。可是現在有這麼多人，死去三個人，找出那具活棺，剩下的人是不是都不用死了？既然有人已經從這裏出去了，就肯定知道哪一具是活棺，崔得金的那個朋友不可能沒有告訴他。而對於皇帝谷裏面的情形，他肯定知道得不少。連守金花都害怕的魔塔，他為什麼要和大家進來？至於如何打開進入這個空間的通道，他也是知道的，為什麼要等到別人來打開呢？可是進谷之後，他卻表現得一無所知的樣子，到現在才說出這樣的話。他這麼刻意的隱瞞，究竟是什麼原因呢？

苗君儒想到這裏，問道：「你確定你那個朋友是這麼對你說的？」

他這麼說，是想提醒崔得金，在這種地方，多一個人或許能多一分力量。大家齊心協力，還能有機會活著離開，單靠一兩個人的力量，生存的機率要小得多。再說，每個人進來皇帝谷的目的都不一樣，還沒到最後的利益相爭，就想別人死，是不是太殘忍了一點？

崔得金冷笑道：「苗教授，你以為我在騙大家不成？」

老地耗子上前兩步，說道：「不管崔幹事說的話是真是假，其實只要我們能夠找出那具活棺，就不用死人了，苗教授，你說是不是？」

崔得金說道：「我當然不想有人死，只不過我那個朋友是這麼對我說的！」

氣氛有所緩和，每個人看著別人的眼神，也比剛才少了幾分敵意。也許大家都清楚，如果冒然動手殺別人的話，說不定自己也會被其他人殺死，最好的辦法就是提高警覺性，不要輕易讓別人有可乘之機。

李大虎大聲道：「既然是活棺，肯定能移動，推一推就知道了，還用得著費那些心思？」

他說完，大步走到一具石棺前，左手持槍，右手去推棺蓋。他的右手剛觸到棺蓋，只聽得「滋」的一聲，冒起一陣青煙。他大叫著縮回右手，只見右手的手掌焦黑，就如被燒紅的鐵塊烙過一般。

苗君儒衝到李大虎的面前，只見他的掌背漸漸蒙上一種詭異的黑色，而且慢慢向手肘處蔓延，連忙驚道：「不好，有毒！」

要想阻斷毒氣向上蔓延，唯一的方法就是砍斷手掌。李大虎當即扔掉手槍，拔出那把日本軍刀，「唰」的一刀砍斷了自己的右手掌，然後撕下一塊衣襟紮住斷腕處，不讓鮮血狂噴，扭頭對老地耗子吼道：「殭屍粉！」

不虧是土匪頭子，辦事乾淨利索。拔刀砍斷自己的手掌，居然連眉頭都不皺一下，彷彿砍斷的是別人的手掌。

老地耗子猶豫了一下，從身上拿出一包殭屍粉，上前灑在李大虎的傷口上。傷口立即止血，沒兩分鐘就結了疤。

斷掌落在地上，變得像石炭一般漆黑，空氣中隱隱有一抹腥臭味。

虎子看著那具日軍少佐的屍體，說道：「原來這個小鬼子用刀砍斷這個人的左手，並不是要害人，而是救人呢！」

李大虎看著魯大壯的屍體，說道：「我明白了，魯隊長是被砍斷手的這個人打死的。」

苗君儒說道：「不錯，這個人可沒有李大當家的氣魄，中毒的左手被砍斷後，他受劇痛的影響，右手筋脈情不自禁地彎曲起來，扣動了扳機，沒曾想子彈打中了魯隊長。」

虎子問道：「就算你說得對，魯隊長被人失手所殺，可是這個救人的小鬼子，又是被誰殺死的呢？」

老地耗子說道：「四者存一，那個逃出去的人，肯定知道這個死亡詛咒，在一人受傷一人死的情況下，那個人要對付的，肯定是小鬼子。」

虎子說道：「斷了手的這個人拿著槍呢，他眼看著那個人殺死小鬼子，下一個要對付的人就是他，難道他不反抗的嗎？」

苗君儒從骸骨的右手上撿起那支生銹的手槍，退下彈匣，不用他多說話，大家都已經看明白，彈匣裏沒有一顆子彈。

虎子繼續說道：「可我還是有一點不明白，為什麼這兩個人的屍身都好好的，而斷了手的這個人，怎麼就爛得只剩下骨頭了呢？」

苗君儒說道：「很簡單，因為逃走的那個人，不想讓後來的人知道這具骸骨究竟是什麼人。一個人在手腕被砍斷，如果未能像李大當家的那樣，有殭屍粉及時止血止痛，在大量失血之後，通常情況下都會失去反抗力。兇手在殺人之後，只要往屍體上灑點特殊的粉末，屍體就會被化去血肉，只剩下骸骨了。老地耗子，你應該知道是什麼粉吧？」

聽完苗君儒的話，崔得金的眼中露出一抹敬佩之色。

老地耗子乾咳了幾聲，說道：「是有那樣的東西，好像叫腐屍散。只要往傷口上灑一點，不消兩個時辰，一個大活人就能變成一具骸骨。只是那東西太過於陰毒，一般有點良心的人都不屑使用，江湖上有這種東西的人不多，就算有，也不會告訴別人，只有在用得著的時候，才拿出來害人。我這殭屍粉是用來救人的，我可從來沒有用來害過人。」

齊桂枝說道：「照你的意思，我們這些人當中，可能有人身上帶有那種東西，是不是？」

老地耗子嘿嘿一笑，看著大家說道：「別胡亂猜疑了。依我說呀，大家都別胡思亂想，得想辦法找出那具活棺，在不死人的情況下離開這裏，是吧？」

苗君儒何曾不是這麼想的呢？怕只怕他願意，有些人不願意。他對崔得金說道：「崔幹事，你的那個朋友應該對你說過，當確定哪口棺材是活棺之後，怎樣才能打開呢？」

崔得金說道：「抹滿人血的三口死棺會自行下沉，活棺的棺蓋也會自行打開，出現一條通往下面的通道，進入通道後往上走，出去就是那座石牌坊。」

苗君儒說道：「這麼說，還是要人血抹棺，還是要死人？」

崔得金面無表情地說道：「我也不願意看到有誰死在這裏！」

苗君儒撕下一塊衣襟，從地上沾了一點李大虎的斷腕處噴濺出來的血，抹在其中的一口石棺上。只見那血抹上石棺後，漸漸滲入石棺中，被抹過的地方，透出駭人的血紅色。

李大虎說道：「如果非要死人的話，還是用老辦法，抽籤決定！」

沒有人對他的話有異議，因為在這種時候，誰都無法左右自己的命運。

還是按原來的抽籤辦法，抽出了三個人。老地耗子、苗君儒和虎子。

崔得金有些幸災樂禍地說道：「籤是你們自己抽的，怨不得別人。如果我有命出去，替你們三個立個碑，也不枉大家相識一場。」

老地耗子捏著手裏的短籤，面如死灰地望著李大虎。虎子卻一副無所畏懼的樣子，但他眼角的餘光卻不時瞟向離他不遠的齊桂枝。

苗君儒把手裏的短籤丟在地上，對虎子說道：「把你的匕首借我，我倒想看看，塗抹一口石棺需要多少人血！」

他的坦然與豪壯似乎鎮住了每一個人，李大虎有些歉意地說道：「苗教授，我……我們會記住你的！」

苗君儒笑道：「我還沒死，你說這些話幹嘛？人死如燈滅，一個人倘若死了，是不在乎有沒有人記得他的，崔幹事，我說的對嗎？」

他走過去，從虎子的手裏硬奪過匕首，走到一具石棺前，右手持匕首，去割左手的手腕。就在這時，只聽得守金花叫道：「不要！」

第四章

干屍屋

建房子的基腳，
一般都是用平整的大石塊，哪裏用圓石頭的呢？
當老地耗子將火把湊近了一些時，
李大虎他們才看清那些圓石頭的樣子。
原來那一個個圓滾滾黑色的「石頭」，並不是石頭，
而是一顆顆的人頭！

與外界極少聯繫的抬棺村本身就是一個謎，八路軍派一個精通玄學的人住在村裏一年多，目的就是要揭開抬棺村和皇帝谷內的秘密。其真正的目的，一般人無從知曉。

苗君儒早就知道，崔得金屬於那種深藏不露且又心狠手辣的角色。在抬棺村的時候，崔得金剛和他探討完推背圖上的玄機，轉身就捏造罪名要將他槍斃，若不是蕭司令及時趕到，他說不定已經喪身亂葬崗了。

崔得金要置他於死地的真正目的何在，苗君儒到現在都沒想明白。不過，從此人刻意隱瞞某些事情，以及種種不正常的跡象上分析，此人似乎有難言之隱，背後彷彿有一雙無形的黑手。

當守金花叫出「不要」兩個字的時候，崔得金手中的槍口似乎動了一下。匕首就搭在左手上，苗君儒並沒有割下去，他的眼睛一直都看著崔得金。他可以不防備其他人，但不得不防備著這個陰險和毒辣的角色。如果崔得金的槍口移向守金花，而眼神又充滿殺機的話，他會在對方扣動扳機之前，飛擲出匕首。

崔得金也望著苗君儒，眼神中充滿了自信，卻又有幾分得意。兩人的眼神就那麼交織著，面部都浮現一抹微笑。

他們的舉動看得其他人一愣一愣的，李大虎忍不住說道：「你們倆唱的是哪一齣呀？」

苗君儒微笑道：「大當家的，崔幹事手裏的槍容易走火，我擔心會傷了誰！」

李大虎聽明白了，哈哈笑道：「苗教授，你放心吧，他的槍要是走火，我的槍也會走火的！」

崔得金的嘴角抽搐了幾下，說道：「苗教授，你可別挑撥我和李大當家，還是想想怎麼用你的血把石棺抹滿再說吧。」他停頓了一下，又說道：「老地耗子，你身上到底有多少殭屍粉？全拿出來吧，好及時給苗教授止血！你們大當家的可捨不得他死呢！」

老地耗子泛著白眼對李大虎說道：「大當家的，剛才給你的是最後一包，要是不信的話，你搜我身上好了！」

苗君儒笑道：「不僅僅是大當家的捨不得我死，還有人捨不得我死呢！」他對走到身邊的守金花說道：「我說的對吧？」

守金花說道：「其實你早就知道我會幫你的！」

苗君儒笑道：「如果你不知道怎麼出去，你就絕對不會跟著我進來。」他的目光轉向大家，繼續說道：「在魔塔的邊上有一塊石碑，石碑上記載著建武元年，光武帝劉秀為光烈皇后治病，派人尋找仙藥的故事。這麼一兩千年來，進入皇帝谷的人不知道有多少，而碰巧來到這裏的人，肯定也不少。你們注意到沒有，在這四具石棺的周圍，除了這三具屍骸之外，居然沒有一具古代人的屍骸。原來的屍骸去了哪裏呢？只有一種解釋，那就是有人定期進來這裏，清理死在裏面的屍骸。」

李大虎哈哈笑道：「我怎麼就沒想到呢？守金花是皇帝谷裏的人，她肯定知道怎麼出去的。哈哈，不用死人了！」

守金花低聲對苗君儒道：「雖然這次我能夠救大家出去，可是在谷裏，你們是逃不過死亡詛咒的！」

虎子走過來，對守金花說道：「苗……苗教授說……說你能讓大……大家出去，還……還等什麼？」

守金花走到那具使李大虎失去右手掌的石棺前，她的手在石棺側面的一個地方輕輕按了一下，只聽得一陣巨響，沉重的棺蓋緩緩移開來，棺材內部是一排向下走的台階。

還沒等苗君儒細看，崔得金已經搶先幾步，跳入棺材之中，順著台階走下去了。其他人都魚貫而入，唯恐落在後面。

李大虎撿起那隻斷手，塞到衣兜裏，嘀咕了一聲：「身子是父母給的，就是死，也要留個全身。」他在經過苗君儒身邊的時候，低聲說道：「他奶奶的，如果他不是蕭司令的人，我早就一槍崩了他了！」

太行山周圍一帶的土匪，習慣打劫百姓，襲擾國軍和日偽軍，卻從沒有哪股土匪，敢和八路軍過不去，究其原因，說法有很多種。有的說八路和土匪有關係，雙方井水不犯河水。也有的說，八路的組織紀律很強，土匪打了一支部隊，說不定會遭到幾支八路的圍攻，偷雞不著蝕把米的事，土匪是不幹的。更有人說，八路和土匪一樣，都在山裏面轉悠，大家低頭不見抬頭見，都是熟人，不好下手。究竟哪種說法是真的，誰也說不清。

苗君儒最後一個跨進棺材，他扭頭看了一眼躺在邊上的魯大壯的遺體。腦海裏驀地冒出一個疑問，魯大壯是遊擊隊長，可身為八路軍幹事的崔得金，在見到魯大壯的遺體時，居然沒有半點悲哀的神態，完全違背八路軍那種血溶於水的同志情懷。

苗君儒的手扶著棺材邊沿，感覺到觸手處有些凹痕，低頭一看，發現棺材裡的內壁上居然有一個刻出來的字，當下心中大驚，想不到導師林淼中也是從這裏出去的。

托開頭頂的一塊大石板，崔得金就看到了那一座熟悉的石牌坊，動作利索地跳了出去。其他人也都學著他的樣子，手腳麻利地跟著衝了出去，唯恐落在別人的後面。

站在石牌坊的下面，大家相互看著，有種劫後餘生的興奮。衣服上的薄霜已經化去，原本凍得青紫的嘴唇也漸漸恢復了正常，若不是死亡來臨的感覺沖淡了寒冷和饑餓，說不定已經有人餓趴在裏面了。

老地耗子望著不遠處石塔頂端那刺目的亮光，心疼地說道：「可惜，可惜，說不定是一塊比磨盤還大的金剛鑽呢！」

李大虎踢了老地耗子一腳，說道：「命都沒有了，還想著金剛鑽？」

齊桂枝叫道：「咦，那個女的呢？」

苗君儒這才想起，守金花居然不見了。在通道裏的時候，守金花走在他的前面，出通道的時候，她卻轉到他的後面去了。出了通道口，他以為她會跟在他的身後，沒想到她居然沒有出來。

虎子衝到通道口，彎腰朝裏面看了看，說道：「沒……沒人！」

老地耗子說道：「不用看了，她一定從其他地方走了！」通道內肯定還有其他的出口，守金花既然已經選擇離開，就沒有必要再回去找她。苗君儒要虎子將通道口的石板重新蓋上。

天色漸漸暗淡下來，李大虎說道：「肚子已經餓扁了，得找些吃的才行！」

老地耗子說道：「要是能抓到幾隻猴子，燒猴子肉吃也好！」

苗君儒說道：「我在獨木橋那邊吃了幾個桃子，樹上好像還有一些，要不大家一起過去……」

他的話還沒有說完，卻聽崔得金說道：「弄不好桃子沒吃到，倒成了那條大蛇的晚餐了！」

苗君儒笑道：「要是你們不敢回去，就在這裏等吧，我一個人去，我吃飽了，會給你們帶點過來的！」

除了虎子外，沒有其他人願意跟苗君儒前去。

看著苗君儒和虎子的身影消失在蘆葦叢中，崔得金轉過身對其他人說道：「我們沒有必要等他們，我們往前走，看看能不能找點吃的！」

沒有人對他說的話有異議，各懷心思地跟著他往前面走去。

經過石牌坊的時候，石塔那邊又傳來一種很奇怪的聲音，像是一個人發出的慘叫。大家聽得頭皮發麻，情不自禁地朝那邊望去，可是誰都不敢再朝那邊移動腳步了。

從石牌坊往左，是一條崎嶇不平的小道，道路上都是沙石，間或有一兩塊石板，兩旁都是齊腰高的雜草和矮樹叢。

崔得金走在最前面，手裏的槍口低垂著，不停的左右晃動。他的眼睛除了看腳下的地面之外，還不停地看著道路兩邊，期待裏面竄出一隻兔子或是別的動物。能吃到火烤野味也不錯，總比餓著肚子強多了。

走了約莫一里多地，右側出現一堵斷崖，斷崖上岩石呈紅色，那種紅色，紅得十分刺眼，像是有血從石頭裏滲出來，充滿著一種說不出的詭異。在斷崖的邊上，有一條寬約兩丈的深溝。深溝下面不斷有白色的霧氣冒出來。站在溝沿邊，只感到陣陣的寒意。老地耗子往溝下探了探頭，丟了一塊石頭下去，半天都聽不到響聲。

李大虎笑道：「當心下面出來一個什麼怪物，把你吃了去！」

深溝的下面傳來幾聲乾咳，隨即傳出一個聲音來：「有人在上面嗎？」

乍一聽到深溝下面傳來的聲音，幾個人登時嚇得變了臉色，有一次教訓還不夠，還想來第二次嗎？

崔得金朝深溝內「啪啪」開了兩槍，拔腿就跑。其他人跑得並不比他慢，唯恐掉入萬劫不復的深溝。

大家跑了一段路，一個個累得氣喘吁吁，剛一停下來休息，就聽深溝那邊仍有聲音斷斷續續傳來：「會……打槍的，一定……是從……來的……哎，你們別走……救救……救救……我們……我們是……」

李大虎坐在地上，喘著氣說道：「我實在跑不動了，不管深溝裏出來什麼怪物，我先給他一梭子再說。」他望著坐在旁邊的齊桂枝，有些愧疚地說道：「妹子，其實你不應該跟著我們進來的，要真有什麼三長兩短，哥真的對不起你。你放心，只要哥還有一口氣在，絕對不會讓妹子受到傷害的。」

齊桂枝說道：「李大哥，你這是說哪裏的話，能夠和大哥一起，是妹子的福氣！」

老地耗子說道：「大當家的，一幫子弟兄，現在就剩我們兩個了。得找點東西吃才行，要不然，餓都餓死了。」

崔得金叫道：「大當家的，前面好像有人！」

在朦朧的夜色下，不遠的前面似乎有人影在晃動。

李大虎爬起來，朝前面吼道：「前面是什麼人，不吭聲我就開槍了！」

人影晃了幾下，就消失不見了。

李大虎剛要舉槍，就聽老地耗子上前道：「大當家的，在這種地方千萬不要衝動，看清楚再說！」

李大虎並沒有開槍，他槍裏的子彈已經不多了，要留著關鍵的時候用。老地耗子扯了一些雜草和枯樹枝，紮了幾個火把。

點燃了火把，幾個人小心地往前走。崔得金照例走在最前面。李大虎讓齊桂枝走在中間，他和老地耗子殿後。

道路兩邊的樹叢不時傳來聲響，像是有人躲藏在裏面，卻又像夜出尋食的動物。但是動物不會發出像人一樣的喘息聲，那種很奇怪的喘息，時緩時急，就像是一個快要斷氣的人，臨終前的掙扎。

儘管天氣有些寒冷，可幾個人的額頭都已經冒汗。路是沒有盡頭的，幾個人深一腳淺一腳的不知道走了多久，就在他們實在走不動的時候，隱隱看到前面有一棟房子。

有房子肯定就有人，幾個人的腳下頓時來了勁。當他們來到所謂的房子跟前時，登時傻眼了。

這確實是一棟房子，只不過現在只剩下幾根被火燒過的斷樑，還有幾堵坍塌的石頭牆壁。但在靠近路邊的門口，卻有兩根直立的石柱，左邊石柱上刻著一條盤柱大蛇，右邊的石柱頂上，則盤著一隻大石龜。

齊桂枝一屁股坐在左邊石柱下面的一塊石板上，揉著腿肚子說道：「李大哥，我實在走不動了！」

「我也走不動了！」李大虎也坐了下來，對崔得金說道：「崔幹事，你要是想走，你一個人走吧，我們不走了！」

見李大虎實在走不動了，崔得金只得說道：「好吧，先休息一下！」

老地耗子端詳著那兩根石柱，低聲道：「蛇龜鎮宅，屋主人一定是位奇人異士。只是蛇龜鎮宅一般都鎮陰宅，極少有鎮陽宅的？」

齊桂枝問道：「什麼是陰宅，什麼是陽宅？」

崔得金說道：「陰宅是死人住的，陽宅是活人住的！」

齊桂枝摸著屁股下面的石板，說道：「這上面有字呢，快拿火把過來照照！」

老地耗子舉著火把過去，見石板上果真有三個字，他看了一會兒，說道：「這是古代的字，它認得我，我還不認得它呢，要是苗教授在這裏就好了！」

崔得金湊過來看了一下，說道：「這是隸書！」

老地耗子說道：「那你說說，是什麼意思？」

崔得金看了一眼齊桂枝，說道：「我說出來，你們可不要害怕。」

老地耗子拍了幾下乾癟的胸脯，說道：「嘿嘿，老子活了這麼久，還不知道害怕這兩個字是怎麼寫的呢！」

崔得金說道：「是千屍屋！」

李大虎罵道：「媽的，連名字都這麼邪門，這破屋裏真的有過一千具屍體嗎？就算有又怎麼樣？老子也是從死人堆裏爬出來的人，死屍見得多了。可怕的不是死人，而是活人！妹子，你不用怕，有大哥在！」

老地耗子說道：「建得像陽宅一樣的陰宅，我從未見過。一蛇一龜乃至陰之物，陰上加陰，生人迴避，呵呵，我倒要好好見識一下！」

他舉著火把，在千屍屋裏轉了幾個圈，除了滿地的雜草和幾塊爛石塊外，剩下的就是被火燒過的焦黑木頭了，連根人類的骨頭都沒有找到。可當他看清斷壁殘垣下面的屋基時，登時變了臉色。

他回到李大虎身邊的時候，用一種顫抖的聲音低聲說道：「大當家的，我們還是儘快離開這裏吧！」

李大虎問道：「為什麼，難道你害怕了？」

他認識老地耗子這麼多年，從來沒有見到對方像現在這麼害怕過。

老地耗子點了點頭，說道：「這地方很邪門，如果今晚真的在這裏過夜，我怕會出事！」

李大虎說道：「你的殭屍粉不是要用完了，要是真有一隻千年殭屍跳出來，我們一起抓住殭屍，你……」

老地耗子喘著粗氣說道：「大當家的，聽我一句勸，再熬一下，到前面再休息吧！要是真有一具千年殭屍倒還好辦，只怕……」

李大虎問道：「只怕什麼？」

老地耗子看著石板上的字，說道：「千屍屋，屍氣沖天，屍氣逼人。我雖然會一點驅邪的小法術，只怕在這裏不管用。」

崔得金問道：「老地耗子，你看到了什麼？」

老地耗子說道：「千屍陣！」

李大虎也意識到問題的嚴重，問道：「什麼是千屍陣？」

老地耗子找了一根棍子，撥開齊桂枝身後的雜草，露出一段殘破的屋基來。只見最下面靠近土層的屋基，是用一個個圓滾滾黑色的「石頭」壘成的。

建房子的基腳，一般都是用平整的大石塊，哪裏用圓石頭的呢？當老地耗子將火把湊近了一些時，李大虎他們才看清那些圓石頭的樣子。

原來那一個個圓滾滾黑色的「石頭」，並不是石頭，而是一顆顆的人頭，人頭上面的皮肉並沒有腐爛，而是乾枯發黑，兩個眼眶深深地陷下去，形成兩個看不見底的小窟窿。有的人頭的嘴巴張開著，像是臨死前發出絕望的吶喊，而有的嘴巴卻又緊閉，嘴角露出一抹詭異的微笑。

在人頭的下面，有一層黑色軟乎乎的東西，都是寸把長，長得像螞蝗一樣的蛆。

大家當即覺得背脊發涼，連汗毛都豎了起來。

老地耗子說道：「整座屋子的基腳，都是用這樣的人頭壘成的，上下三層，我粗略算了一下，不下一千顆人頭。而房子的構造則是外方內圓，隱含天地陰陽兩極之術，卻又顛倒陰陽。那些被火燒過的樑木，一頭大一頭小，為棺材型，所以這座屋子……」

老地耗子的話還沒有說完，就見齊桂枝扯著李大虎的衣服，驚恐地說道：「別說了，李大哥，我們還是快走吧！」

千屍屋後面傳來腳步聲，隱隱有幾個人走了過來，崔得金舉著槍叫道：「什麼人？不說話我就開槍了！」

那幾個人越走越近，崔得金見對方不吭聲，對著人影的腳跟前開了兩槍，子彈射在石塊上，迸出一些火花。那幾個人停頓了一下，又繼續往前走。

崔得金依稀看清第一個人的樣子，只見那人渾身的衣服破破爛爛，沾滿了泥土和雜草，有些地方被撕成布條，披在身上，露出黑褐色的肌肉。表情呆板而木然，兩眼無神，但卻充滿著詭異的凶光。雙臂揮動有力，下肢行動僵硬，兩隻腳上纏滿了乾枯的藤條，走起路來嘩嘩作響。走動時根本不避開腳下的障礙物，一根碗口粗的樑木，被那人一腳強行踢斷，一端被藤條纏住，拖著走。

崔得金驚訝，大聲道：「是殭屍！」

「要是殭屍還好辦，這是行屍！殭屍乃是人死了之後，喉嚨中還有一口人氣未散，屍體吸收了陰氣之後，形成殭屍！而行屍則是人為控制的，會邪術的妖人將死屍變成行屍，妖人的法術越高，行屍就越厲害。江湖上有『殭屍易躲，行屍難纏』的說法。行屍一旦出現，不見人血是不收手的。」老地耗子說著，像變戲法一樣，從身上拿出三支香，幾張用朱砂畫了符的黃表紙，還有一個羅盤。

他把香點燃，呈三角形插在地上，羅盤放在三支香的中間，右手往背上一抄，居然又拔出一把桃木劍。

崔得金不敢再開槍了，和李大虎他們一起，站在老地耗子的身後。

老地耗子用桃木劍挑著黃表紙，迎風一晃，黃表紙自行燒著，火團射向第一具行屍，懸浮在距離行屍面部兩尺的地方。

第一具行屍停止了前進，但其他行屍卻一步步朝前走來。

老地耗子用這種方法接連控制住四具行屍後，他額頭上出現豆大的汗珠，因為在這幾具行屍的身後，又出現了幾具行屍。

羅盤中間的指針滴溜溜地轉動得很厲害，其中一支香突然從腰部折斷，香灰掉在羅盤上，指針也斷為兩截。

老地耗子像被人推了一下，後退了兩步，嘴角溢出血絲。他大叫一聲：「我跟你拚了！」

他咬破左手中指，將血抹在桃木劍上，桃木劍上立刻出現一道金光。他用盡力氣，緩緩將桃木劍朝前面刺出。

桃木劍往前移了一尺多遠，像是受到很大的阻力，再也無法前移了！

老地耗子口中噴血，大聲道：「你們還愣著幹什麼？快點來幫我！」

崔得金和李大虎衝上前，拚命幫著老地耗子往前頂。齊桂枝走過來的時候，不小心踢倒一支香，把香頭踩滅了。

老地耗子手裏的桃木劍出現一團火光，在金光消失的時候，桃木劍燒得只剩下劍柄。他們三個人的身體騰空飛了起來，滾落到雜草叢中。

崔得金和李大虎很快就爬了起來，但是老地耗子卻吐出一大口鮮血，爬了幾次都未能爬起來。

崔得金從衣服內拿出幾張畫了符的黃表紙，衝到一具行屍面前，避過行屍的攻擊，手腳麻利地將黃表紙貼在行屍的額頭上。

行屍的腳步並沒有停止，繼續往前走。

老地耗子喘著氣說道：「你那是鎮……殭屍的符，對行屍是沒有用的，大……當家的，我們幾個……都要死……在這裏了！用……火……火和童子尿可以……」

他的話還沒有說完，就暈了過去。

手裏還有幾個火把，可童子尿去哪裏弄去？要是虎子在就好了。崔得金點燃了火把，遞給李大虎和齊桂枝。他這才發覺，身前身後都出現了行屍，就像一個包圍圈，將他們緊緊地包圍在中間，想逃都沒有機會。

行屍一步步的往前走，包圍圈在縮小。

崔得金絕望地連連開槍，可是子彈射在行屍的身上，如同打在破棉絮裏一般，一點反應都沒有。

李大虎罵道：「都怪你這麼急著趕路，若是在石牌坊那裏等苗君儒和虎子回來之後一起走，就不會這樣了。」

他說著，將槍口對準崔得金，正要扣下扳機。就聽不遠處一個聲音叫道：「是大當家的嗎？」

李大虎聽出是苗君儒的聲音，扭頭看到來的路上出現一個火把，登時間百感交集，哽咽著叫道：「苗教授，救命呀！」

卻說苗君儒和虎子離開石牌坊後，順著蘆葦蕩裏的那條淤泥路，很快來到獨木橋邊，見橋那邊的河沿上，成熟的桃子在桃葉間隨風晃動，空氣中都彷彿有一種桃子的味道。

站在橋邊，苗君儒朝對面望了望，並沒有看到他所期待的身影。那個謎一樣的孩子，此刻不知道去什麼地方。

他打心底感謝醜蛋，若不是醜蛋送給他這串七彩貝殼，守金花不可能幫他的。

兩個人過獨木橋時，並沒有出現那條護橋蛟龍。飽餐了桃子之後，苗君儒才脫下衣服，將摘下來的幾十個桃子打成包裹。

虎子走到苗君儒身邊，有些神秘兮兮地說道：「苗教授，你知道他們為什麼不跟著來嗎？」

苗君儒問道：「他們不是怕這條護橋蛟龍嗎？」

虎子說道：「那是其一，主要是怕你！」

「怕我？」苗君儒有些聽不明白。

虎子說道：「你不跟我們在一起的時候，崔得金對大家說，你這個考古學家好像對什麼都懂，進谷的目的，恐怕不是為了尋找你的導師，而是另有企圖。他還說你有可能就是日本人派來的奸細，說不定日本鬼子的大批軍隊，已經跟在我們後面了！你給人一種高深莫測的樣子，連李大當家的都有些怕你呢！」

苗君儒微微一驚，問道：「崔得金還說了什麼？」

虎子說道：「就這些了，他和老地耗子好像有一腿，兩人背著李大當家的嘀咕咕，不知道在說什麼。」

崔得金和老地耗子之間的那層微妙關係，苗君儒也看出來了，在沒有弄明白真相之前，他是不會捅破的。他問道：「為什麼你不怕我呢？」

虎子嘿嘿笑了一下，並沒有回答。

兩人順著原路往回走，來到石牌坊下面時，沒見到李大虎他們。

虎子說道：「他們一定以為我們回不來，往前面去了！」

苗君儒不經意地問道：「你就沒有想到，會死在這裏面？」

虎子笑道：「苗教授，你不也一樣想過嗎？」

苗君儒說道：「我不同，我是考古學者，解開歷史的謎團，還原真實歷史，是我的職責。而你不同，你是一名戰士，應該死在戰場上。」

虎子說道：「對我而言，皇帝谷何曾不是戰場呢？小鬼子能進來，我就不能進來嗎？」

苗君儒說道：「別忘了，你和老地耗子他們不同，你是有組織的，如果不是上級派你來，你不能單獨行動！」

虎子說道：「不錯，是上級派我來配合崔幹事的！」

苗君儒微笑道：「別把我當小孩，我看得出來，你和崔幹事，好像也不是一路人。」

虎子說道：「我和他本來就不是一路人。苗教授，在收魂亭那裏的時候，難道你沒有看出他的後面還有人嗎？」

苗君儒大驚，在收魂亭那晚發生的事情，他以為虎子並不知道，沒料想虎子居然是個深藏不露的人。

虎子接著說道：「苗教授，既然你想知道，那我就告訴你。在這種地方，就你我兩個人，也不怕洩密出去。」

虎子深深喘了幾口氣，繼續說道：「當前的國內形勢你應該知道，就不消我多說了，自去年的百團大戰以來，鬼子多次對我根據地進行反覆掃蕩，造成我根據地軍民重大的傷亡，不少傷患就是因為藥品短缺，躺在病床上疼死的。雖然有民間老中醫幫忙，以草藥代替西藥。可草藥終究比不上西藥好。有不少傷患在鬼子掃蕩的時候，因傷勢未癒未能及時轉移，而慘遭鬼子的毒手。

「三年前，蕭司令帶隊奉命執行任務時，遭到大批鬼子和偽軍的包圍，蕭司令衝出包圍圈時，身上受了重傷，身邊只剩下三個人。其中的一個人背著蕭司令到了抬棺村，他們不知道用什麼藥水給蕭司令清洗傷口，結果第二天早上，蕭司令的傷就好了，連傷口都結了疤！

「蕭司令把這一重大的消息向上面彙報，於是上面派人到了抬棺村，想討要那種神奇的藥水，可抬棺村的人居然不承認。我們八路軍有鐵的紀律，不拿群眾一針一線。人家不願意給，我們絕不會強奪。於是上級就派工作組進村，和村子裏的群眾拉好關係，讓群眾知道我們八路軍和天下窮苦人是心連心的，讓村裏的群眾從思想上覺悟，把神奇藥水獻出來。

「可沒有想到的是，第一批進村的工作組，在進村五天後，不是自殺就是變成瘋子，此後不管什麼人進村，長則一個月，短則四五天，和第一批工作組的情況一樣。上級經過調查，得知了抬棺村的奇怪之處。一年前，上級派來了這個崔幹事帶隊進村，到現在為止，除崔幹事外，工作組的其他人換了好幾批，和以前的人一樣，不是瘋了就是死了。

「我聽蕭司令說，崔幹事是個能人，是上面為了調查抬棺村的事，從別的地方調來的，他來了一年多都沒出事。就在上個月，上面得到消息，說他曾經被日本人抓過，懷疑他投靠了日本人。在收魂亭那晚和他接頭說話的人，應該不是我們的人，我們的人沒有必要那麼鬼鬼祟祟的。」

時值抗日最艱苦的階段，舉國上下投敵當漢奸者不計其數，八路軍隊伍中也不乏其人。

聽到這裏，苗君儒問道：「你們為什麼不把他抓起來審問呢？」

虎子說道：「可能是別的原因吧！再說現在正是用人之際，上面不想錯抓好人。不過就我看，他不像是好人。他來抬棺村沒多久，日本鬼子就進谷了。還有你，要不是蕭司令及時趕到，你都被他莫名其妙的殺了。你想過沒有？他為什麼要殺你？」

苗君儒笑了一下，他不是沒有想過，而是暫時找不到答案而已。

虎子說道：「我總感覺他的身上有許多不為人知的秘密。」

每個人身上都有別人不知道的秘密，苗君儒把話題岔開，問道：「當年背蕭司令進村的那個人，是不是守金？」

虎子點了點頭。

苗君儒說道：「守金是守春的兒子，他不可能不知道抬棺村的秘密，你們問他不就明白了？」

虎子說道：「守金是個啞巴，而且連字都不會寫！」

苗教授問道：「難道你們遊擊隊裏面就找不出一個能夠和他溝通的人嗎？」

虎子說道：「他除了作戰勇敢外，從來不願和人溝通，我們根本沒有辦法和他進行溝通。無論我們怎麼跟他交流，他都是搖頭。」

苗君儒問道：「難道你就沒有想過要他帶你們的人回抬棺村嗎？他既然能夠救活蕭司令，一定可以將抬棺村的秘密告訴你們的！」

虎子說道：「蕭司令幾次帶他回抬棺村，當走到離村子不遠的地方時，他就不走了，跪在地上朝抬棺村磕頭，還拔出槍要自殺！」

苗君儒問道：「為什麼他又願意跟魯隊長進皇帝谷呢？」

虎子說道：「剛開始，我們只知道皇帝谷的傳說，蕭司令幾次想親自帶人進去，上面都沒有同意。百團大戰之後，上面考慮到諸多方面的原因，終於同意魯隊長帶人進谷，並派人在谷口等候。守金原來被安排在谷口等候的，不知怎麼，他居然跟魯隊長進去了。蕭司令得到消息，是守候在谷口的同志出事之後，聽崔幹事彙報的。魯隊長帶人進去一年多都沒有出來，無論蕭司令怎麼要求，上級都不願有人再進去冒險了！苗教授，事情就是這樣！」

苗君儒笑道：「從收魂亭的那晚開始，我就知道你不簡單。若你僅僅是一個普通的遊擊隊員，恐怕不可能知道那麼多事，對吧？」

虎子說道：「我是蕭司令的警衛員，所以知道那些事！」

苗君儒笑道：「蕭司令能有你這樣的警衛員，是他的福氣。我還想知道，當年跟隨蕭司令逃出包圍圈的那三個人，除了守金和你之外，還有誰？」

虎子說道：「那個人在兩年前的一次戰鬥中犧牲了！」

苗君儒問道：「為什麼當著大家的面，你說話結巴，而現在，卻連一句話都不結巴了呢？」

虎子的臉上露出奇怪的表情，說道：「我也不知道。是呀，我以前都是結巴的，現在怎麼就不結巴了呢？是不是這些桃子？」

苗君儒只聽說過有語言障礙的人，在經歷諸如從空中落下卻沒有摔死的特殊遭遇後，言語會恢復正常，也有通過中醫的針灸刺激神經系統，讓啞巴說話的事，卻從沒聽過吃幾個桃子，就能使結巴子不再結巴的奇蹟。莫非皇帝谷裏面的桃子，都與外面的不同？可再怎麼樣，總不可能是仙桃吧？

天色已經暗了下來，苗君儒身上原本有電筒的，不知道什麼時候掉了。兩人動手撿了一些枯枝敗葉，紮了幾個火把，過了石牌坊往左邊的那條路走去。

走了沒多久，虎子說道：「苗教授，你有沒有感覺到我們身後好像有人？」

苗君儒點了點頭，其實他早就注意到了，在他們身後不遠的地方，隱約傳來腳步聲，而且不止一個人。

皇帝谷內一定有一群與世隔絕的人，守金花就是最好的證明。千百年來，這群守衛著皇帝谷秘密的人，是絕對不允許外人侵入的，保護皇帝谷的最好方式就是殺死每一個入侵者。經歷過多次入侵之後，這群人也知道入侵者的厲害，所以他們在暗中監視，選擇最佳的時機出手。

終於看到了醜蛋說的那條深溝。

他記得醜蛋說過，有兩個人就困在溝內。

站在溝沿，完全能感覺到溝內冒出的冷氣，吹得火把呼呼作響。

苗君儒朝溝內喊了一聲：「林老師，我是苗君儒，你在下面嗎？」

過了半晌，下面傳來一個蒼老的聲音：「是谷外進來的人嗎？」

虎子叫道：「是的，你是誰？」

苗君儒叫道：「是林淼申老師嗎？我是你的學生苗君儒！」

那個蒼老的聲音說道：「把我們救出去，你們就知道了！」

虎子低聲罵道：「老不死的，還賣關子！」接著大聲吼道：「我們連繩子都沒有，怎麼救呀？要不你們倆先等著，我們找到其他人，明天一起想辦法救你們！」

蒼老的聲音說道：「原來前面那撥人和你們是一起的？他們一定往千屍屋去了，這麼晚去千屍屋，一定會遇上那個老傢伙的陰陽行屍大陣，他們死定了！」

苗君儒叫道：「老前輩，什麼是陰陽行屍大陣？」

過了許久，無論苗君儒怎麼問，下面都沒有聲音再傳上來。如果林淼申在下面，不可能不回答他的。

下面的兩個人中，有一個人應該是何大瞎子，而另外一個不是林淼申的人，會是誰呢？

虎子說道：「陰陽行屍大陣真的那麼厲害嗎？崔幹事和老地耗子都會些法術，他們應該能對付吧？」

「那可不一定！」苗君儒說道：「快走，希望能救出他們！」

兩人剛走出不遠，就聽到前面傳來一聲尖厲的慘叫。

第五章

陰陽行屍大陣

即使會布陰陽行屍大陣的人，也不一定去佈陣，
因為陰陽行屍大陣一旦形成，就無法收手。
佈陣的人要不斷地修煉邪術，才能控制行屍，
一旦行屍控制不住，第一個喪命的人，就是佈陣的人。
倘若遇到高手，破了陰陽行屍大陣，佈陣的人也會喪命。

在川西考古的時候，苗君儒聽一個老道士談起過陰陽行屍大陣。這陰陽行屍大陣源於何時，已經無從稽考，屬於民間的秘術，在漢末的時候，達到發展的高峰期。半路出家的道人張角，在得到一本奇書《太平要術》之後，學會了一些道法，創立太平道，以施送符水為名，招收徒眾，並借機篡奪漢朝江山。

傳說張角不但能夠呼風喚雨，而且能將「不死符」施在徒眾身上，使徒眾在衝鋒陷陣之時不畏刀劈劍砍，漢軍每次對陣，無不大敗。黃巾起義迅速席捲中原地區，最強盛時有上百萬兵力，漢代江山搖搖欲墜。

據後世考證，張角能夠將死去的人變成行屍，用來衝鋒陷陣，而且不用浪費糧食。就是民間秘術中的陰陽行屍大陣。

但中原地區有的是奇人異士，無論是袁紹和袁術，還是後起之秀的曹操和孫策，身邊都有一批精通秘術的謀臣。

張角的法術在那些謀臣們的面前，完全失去了作用，所以，黃巾軍在數路諸侯的圍攻之下慘敗，一場轟轟烈烈的農民起義，就這樣消失在歷史的長河中。

自那以後，陰陽行屍大陣隱匿了數百年，直到元末才出現。和尚出身的朱元璋，帶著手下一批死士參加了郭子興領導的抗元義軍。那批死士在戰場上的表現，實在出乎別人的想像。只要那批死士出征，沒有打不贏的戰。郭子興慶幸自己得到了朱元璋這位能人，為了籠絡朱元璋，不惜將自己的義女下嫁身分低微的朱元璋。

有了那批死士，朱元璋在義軍中的地位和權勢直線上升，私欲的膨脹，使他萌生出取代郭子興的念頭。就在他羽翼漸豐之時，郭子興奇蹟般的死了。明史中記載，郭子興與某些將帥不和，終以憤恨卒於和州。

明史是朱元璋派人編的，該怎麼編，完全按他的意思。所以，明史記載上的可信度，值得人懷疑。郭子興是怎麼死的，仍是一個歷史之謎。

據史料記載，朱元璋小時候患過天花，雖然沒死，卻留下滿臉的大麻子，他的下巴比較長，微微上翹，額骨稍凸，深目線眉，雙頰高而扁。就是這樣的一個醜八怪，明代的御用文人居然說他是帝王奇相。

若真按相面術去看，這樣的面相，確實是個奇人之相，完全符合相術中異術高人的相貌。所以，朱元璋既是一個帝王，更是一個精通精通民間秘術的奇人。以朱元璋的手段，要想害死一個人，簡直易如反掌。

正因為如此，當上皇帝後的朱元璋，害怕有人利用民間秘術害他，才絞盡腦

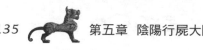

汁想殺盡天下的奇人異士。

像這樣的歷史真實事件，是不可能出現在明史等資料中的，最多也就是在民間流傳。

所以，老地耗子說的故事，確實值得可信。

朱元璋所設御用拱衛司，就是後來的錦衣衛。錦衣衛公開從事偵察、逮捕、審問等活動，但實際上卻是探訪民間的能人異士。明初時，錦衣衛所偵辦的幾宗大案，雖然針對的是朝廷命官，但無疑牽連甚廣，有不少「無辜」的人都捲入其中。細心的人會發現，無論是「胡惟庸案」還是「藍玉案」，都能找到與秘術有關的影子。

朱元璋雖然殺死了不少奇人異士，但不可能全部殺光，有不少民間秘術還是暗中傳承了下來。

要說起行屍，其實在明清兩朝的湘西一帶非常盛行，就是民間傳說的湘西趕屍。精通秘術的道士將死人的屍體變成行屍，使行屍聽命於道士，利用夜晚陰氣的保護，將屍體送到目的地。

會趕屍的道士，不一定能佈陣。道士趕屍只是一種職業，為了生活。他們有自己的行規，絕對不會在趕屍時顛倒陰陽，使行屍向生人發起攻擊。但有一些法力高強的人，利用邪術控制許多具行屍，在自己隱居的地方布下陰陽行屍大陣，防止生人的侵擾。

據那個老道士對苗君儒說，即使會布陰陽行屍大陣的人，也不一定去佈陣，因為陰陽行屍大陣一旦形成，就無法收手。佈陣的人要不斷地修煉邪術，才能控制行屍，一旦行屍控制不住，第一個喪命的人，就是佈陣的人。倘若遇到高手，破了陰陽行屍大陣，佈陣的人也會喪命。

陰陽行屍大陣其實就是一柄雙刃劍，害人也害己。

其實要想破陰陽行屍大陣並不難，方法也有很多種。其中的一種就是找到陽年陽月陽日陽時生的童男子，取其尿液和精血，並配以秘術，以陽氣對付行屍的陰氣，就能破陣。當然，破陣之人也需是精通秘術之人，且道行要深。

朱元璋的道行高深到什麼程度，沒有人知道，從他參加義軍到登基當皇帝，那麼多年來，沒有人能夠破他的陰陽行屍大陣，這是鐵的事實。

有一個精通秘術的祖宗，後代子孫自然想鑽研秘術，於是明朝的皇帝中，不少皇帝並非治國之才，卻喜好鑽研秘術的人，明憲宗朱見深就是其中的一個，他不但鑽研秘術，更經常與寵信的大臣切磋。

明史中記載：李孜省最初是江西布政司的吏員，由於貪贓被削職為民，卻因為學習過五雷法這樣的方術，而受憲宗寵幸。而有一個叫繼曉的和尚，據說知道多種「秘術」，一步步得到了皇帝的信任，和皇帝一起在宮內大搞神仙方術，弄得宮中烏煙瘴氣。

另一個正德皇帝朱厚照，更是將秘術鑽研到了女人的身上，以期採陰補陽，白日飛升成仙。而嘉靖皇帝朱厚熜，更是整日不理朝政，只顧得修煉秘術和丹藥，弄到後來，因吃丹藥中毒而起。

朱元璋的子孫們，儘管有修煉秘術的書籍，卻沒有祖宗的那份天賦。就如一個沒有資質的粗人，就算拿到了絕世武功秘錄，也不可能成為武術高手一樣。

朱元璋怎麼都沒有想到，他賴以開國的民間秘術，到了他的子孫手裏，卻派不上用場了。崇禎皇帝在李自成攻入北京城時，不單提劍砍殺了不少皇室子孫，還在上吊之前，命人一把火燒了藏有許多民間秘術書籍的文華殿。

因而自明朝以來，許多玄門秘術都消失了，陰陽行屍大陣就再也沒有出現，成為了民間的傳說。

慘叫聲就在前方不遠，像是一個女人發出的。

苗君儒和虎子手持火把疾步衝上前，跑了一陣，卻沒見著人。還是虎子眼尖，在路旁的一棵小樹上，看到一片被撕扯下來的麻布。

他清楚地記得守金花身上，就是穿著用獸皮和麻布縫製的衣服。這一小片麻布，會不會是從守金花的身上扯下來的呢？

守金花不是已經離開了麼，怎麼還會走這條路？如若不是她，又會是誰呢？

虎子舉著火把晃了幾下，說道：「苗教授，管不了那麼多了，快走吧！」

兩人繼續往前趕，走了約半個多小時，聽到一陣槍聲，看到前面有火光，苗君儒喊道：「是大當家的嗎？」

李大虎的聲音充滿了恐懼，完全變了調：「苗教授，救命呀！」

苗君儒走近了一些，看清是二三十個人影圍著李大虎他們，老地耗子倒在地上，不知道死了沒有。崔得金舉著槍，一步步地後退著。最近的人影離他們不到兩尺，情況變得萬分緊急。

從那些人走路的樣子判斷，肯定不是活人。

陰陽行屍大陣究竟有沒有傳說中的那麼可怕，生性不怕邪的苗君儒也想知道，他放下裝桃子的包裹，對虎子說道：「趕快脫下一件衣服，撒尿在上面！」

他接著咬破左手中指，用指血在右掌心畫了一個五雷大法。

霹靂聲中，一道閃電從他的右掌心射出，擊中第一具行屍。行屍往後退了幾步，撲倒在地。

苗君儒大驚，這五雷法是一個道教高人交給他的，內含金、木、水、火、土陰陽五行之法。施法者的自身道行達到一定的境界，使用時以氣運神，以神化形，以形化虛。而後忘形以養氣，忘氣以養神，忘神以養虛，陰陽虛實相通，方可震懾邪物。

遇到任何邪物，只需使出五雷大法，就能使邪物灰飛煙滅。他以前用這個方法，使一具百年殭屍瞬間化為齏粉。

走近了一些，終於看清幾具行屍的樣子，有的披頭散髮，有的腦後居然拖著辮子。而其中的一具行屍，身上居然穿著明朝錦衣衛的飛魚服。在明朝初始，飛魚服並非錦衣衛都有的「工作服」，而是與蟒服、鬥牛服一起作為內使監宦官、宰輔蒙恩特賞的賜服。能夠穿著飛魚服的人，即便級別不高，也是替皇帝立過大功，深得皇帝寵愛的狠角色。

這些行屍身上的穿著打扮，從宋朝到民國初年的都有。也就是說，這些行屍生前是不同年代的人。

被邪惡的術士控制下的行屍，自然比一具百年殭屍要難對付得多！

一股浩然正氣油然而生，苗君儒大喝一聲，接連畫了幾道五雷大法，擊倒幾具離李大虎他們最近的行屍。

虎子將一件撒了尿的衣服遞過來，問道：「苗教授，還要我做什麼？」

苗君儒拔出青釭劍，叫道：「把你左手的中指血抹在這上面！」

他把劍遞給虎子，接過那件沾滿童子尿的衣服，凌空拋了出去，雙手結成辟邪伏魔手印，口中念道：「臨兵鬥者皆陣列在前，疾！」

這道家的辟邪伏魔手印，內含佛教的大日如來手印，依次分為普賢三昧耶印、大金剛輪印，內獅子印、外獅子印、外縛印、內縛印、智拳印、日輪印、隱形印，九種不同的變化，為佛道二教結合的法術，能降服九天十地一切妖魔。

一聲「疾」之後，苗君儒的手心出現一道金光，射在那件衣服上，只見那件衣服懸浮在李大虎他們幾個人的頭頂，衣服由上自下放射出一道金光，像把雨傘一樣罩在他們的身上。

有幾具被金光罩住的行屍，身體冒出藍色的火焰，卻像觸電一般彈跳起來，撲向崔得金他們。

說時遲那時快，苗君儒已經接過虎子遞來的青釭劍，一個箭步衝上前。耀眼的劍光中，幾具無頭行屍再次撲倒在地，身體慢慢萎縮，眼見著化為黑色的粉末。

虎子傳來尖叫，苗君儒望去，見虎子的身後出現了十幾具行屍。這些行屍的動作似乎要快得多，幾乎與正常人一般無異。在尖叫聲中，有兩具行屍抓住虎子的胳膊，張開黑乎乎的獠牙，一口咬下。

一旦被行屍咬中，身體就會中了屍毒，用不了多久，一個活生生的人，就會變成一具毫無生命而任人擺佈的行屍。

就算苗君儒的身手再快，也沒有辦法去救虎子，眼看著虎子就被行屍咬上。可就在行屍的牙齒碰上虎子的手臂時，只見虎子的胸前出現一個黃色的光圈，光圈迅速變大，罩住了他的全身。眨眼間，那兩具行屍被震飛了出去。

幾乎忘記了，虎子身上有護身符的。

護身符分為很多種，有避難的，有辟邪的，護身符有多厲害，是根據畫符人的道行而定的。畫符人的道行越深，護身符就越厲害。

虎子說過，這個護身符是他娘給的，上戰場時，連子彈都繞著走。護身符要麼避難，要麼辟邪，極少有兼二者之功能的。由此可見，畫符人的道行確實高得出乎人的想像。如果虎子的娘還在世，苗君儒倒想去拜訪一下。

虎子幾步跳了過來，站在苗君儒的身邊，說道：「還好有護身符，否則命都沒有了！」

苗君儒微笑了一下，並沒有說話。

圍著他們的有好幾十具行屍，這些行屍分為內外三層，當內外兩層的向左快速走動時，中間那層反而逆向向右快速走動。

苗君儒冷笑道：「玩起陣法來了！」

中國古代十大陣法分為：一字長蛇陣，二龍出水陣，天地三才陣，四門兜底陣，五虎群羊陣，六丁六甲陣，七星北斗陣，八門金鎖陣，九字連環陣，十面埋伏陣。

漢代以前，每個陣都有固定的陣法，弓步兵和騎兵相互配合，有固定的防守和攻擊方式。十種陣法相互之間變化，應對來犯之敵。攻打一字長蛇陣的頭或尾，另一頭轉過來，形成二龍出水陣。中間向前，形成天地三才陣。兩頭回撤，形成四門兜底陣，互相穿插，變成五虎群羊陣。然後按照六丁六甲排列，即六丁六甲陣。隨後一半拉成線（可隨意變化），一半如同四門兜底陣一般，即七星北斗陣。環繞一圈，按八卦陣佈陣，留八個出口，變成方形，即八門金鎖陣。按九宮排列，每格兵將穿插，逐漸如同一體，互相交穿，即九字連環陣。最後變成十面埋伏陣。

到了三國，由於周易八卦在軍事上得到很大的發揮和應用，使陣法變得複雜化和多元化，一種陣法往往隱藏著多種變化。著名的蜀國軍師諸葛亮，還將很多陣法進行改良，加入奇門遁甲之術。加入了奇門遁甲的陣法，威力變得空前巨大，十陣變化無窮，難以抵擋，三千軍士可敵十萬大軍。

行屍越轉越快，到後來幾乎是腳不沾地的飛行了，看得人眼花繚亂。崔得金和李大虎手持火把，一臉的驚慌之色。

如此漆黑的夜裏，在這麼一個陌生的地方，被一群死屍圍著，就算是膽子再大的人，其內心的恐懼也是可想而知的。苗君儒和虎子的到來，好歹給他們一點心靈上的安慰。

苗君儒持劍而立，微微閉上眼睛，說道：「不要看他們！」

這個行屍陣其實就是天地三才陣，只不過規模比戰場上小了許多。天地三才陣其實應該叫天地人三才陣，因古人避諱「人」不可與天地齊名，因而將「人」字隱去了。

天地三才陣就是利用人數上的優勢，內外三層將對手圍在陣內，內外相互逆行，並搖旗吶喊，達到亂人心智的目的，使被困之敵驚慌失措，從而尋找最佳的時機出手，制敵於死地。

古代的破陣之法，通常用騎兵強行衝陣，使陣法大亂，從而全面掩殺。但佈陣者早就預防著對手的騎兵衝陣，若找不到破陣的竅門，任是多少騎兵衝陣，都無濟於事，只會損兵折將，敗得一塌糊塗。

若是苗君儒一個人被困住，倒沒什麼問題，他可以輕輕鬆鬆地衝出去，但李大虎他們卻很難，更何況還有一個昏迷的老地耗子。

就在苗君儒思索如何應對時，行屍的腳步停了下來，陣法一變，居然按照六丁六甲排列，形成了六丁六甲陣。

黑暗中又出現了不少人影，更多的行屍加入了戰團。有頭頂的金光護著，可應對一時，但時間一長，隨著精力的消耗，金光消失，就是與行屍對決之時。

操縱行屍的妖人利用奇門遁甲之術，躲在暗處，尋機對苗君儒他們發起致命的襲擊。進到皇帝谷中，苗君儒已經兩次遇到了奇門遁甲之術，一次是在石塔形成的八卦陣裏，一次是在這裏。

守金花能夠在石塔形成的八卦陣裏來去自如，一定通曉奇門遁甲之術。若奇門遁甲之術是谷內人自古相傳下來的，那就不得不讓人對這群人另眼相看了。

「你能用奇門遁甲，我就不能用麼？」苗君儒大吼一聲，接著對身邊的人說道：「把你們的衣服脫下來！」

虎子愣了一下，脫下了貼身的背心。

雖然已經是深秋，可天氣還不太冷，眾人身上穿的衣服，除了一件厚大褂外，就剩裏面的背心了。很多八路軍戰士的身上，還穿著夏天的單衣呢。虎子脫掉背心之後，光著身子把老地耗子的衣服也給扒了下來。

崔得金和李大虎也脫得只剩下光膀子，冷得直打哆嗦。齊桂枝是大姑娘，她猶豫了一下，正要解開外衣的衣扣，苗君儒說道：「姑娘，你就不要脫了！」

齊桂枝咬了咬牙，仍脫下了外面的棉大褂，露出了貼身的紅色小褂來。她看了一眼身邊的幾個男人，害羞地低下頭，雙手攏在胸前，護住豐滿的胸部。

苗君儒將劍咬在口中，脫掉衣服遞給虎子，說道：「把衣服用袖子連接起來，撒上你的尿！另外在周圍堆上八個小土堆。」

虎子為難道：「剛剛尿過，現在沒有了。要不抹點血，怎麼樣？」

苗君儒說道：「不要血，有多少尿多少，幾滴也行！」

虎子把所有的衣服連接了起來，背過去努力了一陣，終於擠出幾滴尿。

崔得金幫著虎子，兩人手忙腳亂地堆了八個小土堆。

苗君儒將幾支火把都丟出陣外，接過衣服，用手在地上抓了一把泥土，口中念念有詞，撒在衣服上，接著將衣服拋了出去。衣服被拋出去後，一件接著一件，形成一道布幔，圍住李大虎他們幾個人。

苗君儒低聲道：「你們千萬不能吭聲，最好連大氣都不能出。」

布幔之外，出現了一層薄霧，將布幔遮住。苗君儒持著寶劍，挽了一道劍花。沒有了後顧之憂，他可以放開身手，和這些行屍大戰一番了。

他揮起青釭劍，劈向一具行屍。原以為劍光所至，行屍立馬斷首撲地。哪知劍尖在距離行屍三寸距離的地方，像劈到一堵堅實的牆壁上一樣，居然彈到一邊去了。

他大吃一驚，這才意識到對手的道行，並非他所想像的那麼簡單。在六丁六甲陣的外面，居然還布上了陰氣罡牆。

陰氣罡牆乃是術士利用邪物的陰氣，加以法術變化而產生的。對普通人則沒有任何作用。道行越高的人，就越難以衝破。

這陰陽行屍大陣果真不簡單。一個普通人可輕易穿過這道陰氣罡牆，但卻無法對付那些守候在外面的行屍。能夠對付行屍的人，卻無法衝破陰氣罡牆。

看來，真的要被困死在這裏了。

急切之間，苗君儒運起內功，大聲喊道：「前輩，在下幾個人能夠進入皇帝谷而活到現在，絕非泛泛之輩，前輩若真要這麼堅持拚鬥下去，只怕到時候會兩敗俱傷，前輩也討不著好。我給前輩半柱香的時間考慮，半柱香之後，別以為你的奇門遁甲之術無人可破，單靠一堵陰氣罡牆保護下的陰陽行屍大陣，我這個水神幫的長老還沒有放在眼裏。」

水神幫是個古老而又神秘的幫派，在玄學界有很大的知名度，水神幫歷代長老都會很多江湖秘術，苗君儒亮出他是水神幫長老的身分，是想探探對方的底。

兩大高手對決時，若一時不分上下，占劣勢的一方可用心理戰術，達到出其不意的目的。依當前的情形，對苗君儒十分不利。他說出對方所用的陣法，也就是想在心理上給對方造成壓力，使對方知難而退。

六丁六甲陣一晃，變成了七星北斗陣。苗君儒後退了幾步，靜靜地觀察著陣形的變化。

或許是脫掉衣服的緣故，被夜晚的冷風一吹，老地耗子悠悠地甦醒過來，呻吟了兩聲。就是這輕微的兩聲，使苗君儒的臉色大變。

行屍和殭屍一樣，在攻擊活人時，靠的是尋氣和辨聲。因為活人在呼吸時發出的細微氣流和聲音，就像黑暗中的一點螢火。

方才他也用奇門遁甲之術，藏起了李大虎他們幾個人，並用霧氣藏起他們的呼吸所發出的活人氣息。在這些行屍的眼中，除他之外，找不到第二個攻擊的目標。

那兩聲呻吟，就徹底暴露了活人的目標所在。只見七星北斗陣的天璇方位上騰起幾道黑影，撲向布幔。

苗君儒大喊道：「前輩，恕在下無禮了！」

他口念六字真言，在掌心畫了一道五雷打法，凌空劈了出去。電光火花之間，他的身影掠到，手中長劍在空中化了一個圓弧。

兩具行屍被斬為兩截，剩下的幾具行屍倒飛回陣中。

既然露了目標，布幔就失去了作用。苗君儒的左手一揮，瀰漫在布幔上的霧氣散去，幾件衣服連接成的布幔也落在地上。

虎子問道：「苗教授，怎麼了？」

苗君儒說道：「難怪老地耗子會敗在他的手裏，我們遇到高人了！」

老地耗子咳了幾聲，有些虛弱地說道：「我也想不到皇帝谷裏面，居然有這樣的高人，苗教授，我們是不是都會死在他的手裏？」

苗君儒坦然道：「我們低估了他，他也低估了我。虎子，用你的血先讓老地耗子復原，我們衝出去！」

老地耗子吞下用童子血拌好的殭屍粉後，很快站了起來，只是體力大不如前。

李大虎說道：「我們已經累得走不動了，就算能衝出去，只怕也走不了多遠，要是有點東西吃就好了。」

剛才為了救人，苗君儒將桃子抖落在地上，距離現在所在的地方，有兩三丈遠，中間隔著陰陽行屍大陣。

要想吃到桃子，必須衝破陰陽行屍大陣。

老地耗子說道：「苗教授，你不用管我們，能衝出去幾個算幾個，總比全部死在這裏的強呀！」

要真這麼想，苗君儒就不會站在這裏了。他的眼睛注視著周圍不停變化的行屍，思考著如何衝出去的辦法。半柱香的時間很快就過去，若是那位高人仍不肯退一步，他只有奮身力搏了。以他的身手，能否帶著大家衝出這個陰陽行屍大陣，還真沒有把握。

苗君儒向崔得金要了一張畫了符的黃表紙，折成一隻小鳥，放在手心裏，過了一會兒，那隻紙小鳥撲騰著翅膀飛了起來，在他們頭頂轉了一個圈之後，朝東南方向飛去。可還沒飛過陰陽行屍大陣，小鳥就燃燒起來，化為了灰燼。

苗君儒冷笑一聲，他已經知道這個高人所在的方位了。

一旦被對手識破、探知陣法中心指揮點的所在，破陣就變得容易得多。古代的軍事高手，大多精通旁門左道的術數，破陣時，根據陣形的變化，找出中心指揮點，以奇兵殺入，達到擒賊先擒王的效果。失去了指揮，其陣自然不戰而亂。

所以後來的佈陣者，將奇門遁甲之術運用到陣法中，使對手摸不清中心指揮點在哪裏，從而無法輕易破陣。

說起這奇門遁甲，還是有些來歷的。根據古今圖書集成記載，奇門遁甲之術就是由一本上古圖書《龍甲神章》演變來的。

相傳軒轅黃帝在涿鹿與蚩尤大戰，蚩尤身高七尺，鐵頭銅身刀槍不入，而且會呼風喚雨；在戰場上製造迷霧，使得黃帝的部隊迷失方向。有一天晚上，三更半夜大家都在睡覺的時候，忽然，軒轅丘上傳來驚天動地的聲音以及非常強烈的光芒，驚醒了黃帝及眾人。大家匆匆忙忙的起床，跑過去一看，原來是有一支彩虹自天空中緩緩下降，從中走出一位全身大放光明的仙女，仙女手上捧著一個長九寸闊八寸的玉匣，黃帝接過來打開一看，裏面有一本天篆文冊，就是傳說中的《龍甲神章》；黃帝根據書裏面的記載，製造了指南車，終於打敗了蚩尤。

《龍甲神章》除了記載兵器的打造方法之外，還記載了很多行軍打仗遣兵調將的兵法。於是黃帝要他的宰相風后把《龍甲神章》演繹成兵法十三章，孤虛法十二章，奇門遁甲一千零八十局。

後來經過周朝姜太公，漢代黃石老人，再傳給張良，張良把它精簡之後，變成了後人所學習和應用的奇門遁甲。

奇門遁甲一千零八十局，隱藏萬千變化，但是萬變不離其中。要想衝破陰陽行屍大陣，首先要化解這道陰氣罡牆。

半柱香的時間已經過去，那位躲藏在暗處的高人仍沒有退讓的意思。

苗君儒面向東南盤腿坐在地上，右手持劍，左手屈臂上舉於胸前，手指自然舒展，手掌向外，結了一個佛教的大無畏手印，口中道：「大家跟我一起念，唵嘛呢叭咪吽……唵嘛呢叭咪吽……」

渾厚而莊嚴的六字真言，在空寂的山谷間迴盪，如同黑暗中的一盞明燈，點燃了每個人的心智，瞬間給人照亮了一條光明大道。

幾個人的頭頂出現一道佛光，在佛光的光團越來越大，七星北斗陣中的行屍開始向外避讓。其中幾具被佛光照著的行屍，身上冒出青煙，身體逐漸萎縮。

虎子看到苗君儒的身體微微顫抖，嘴角溢出血絲，知道情況越來越嚴重，可他除了大聲念咒外，實在不知道該怎麼幫忙。情急之下，他從胸前取下那道護身符，戴到苗君儒的胸前。

他以為護身符可以幫到苗君儒，誰知那護身符剛戴上去，苗君儒仰頭噴出一大口鮮血，身體朝後面倒去。

虎子並不知道，苗君儒以自身的內力修為，結合佛道兩派的辟邪驅魔之術，與那個高人相抗。幾次下來，雖暫時沒有落敗，可內力修為消耗甚大。就如同一個正與病魔抗爭而身體虛弱的病人，猛地喝下一碗千年老人參湯。病人虛不受補，千年老人參湯不但起不了作用，反而加速病人踏上黃泉之路。

苗君儒一倒下，眾人頭頂的佛光立即消失，連那件懸浮在頭頂的衣服也落了下來。

剛剛被佛光逼退的行屍，又往前逼了上來。

連苗君儒都無法對付的陰陽行屍大陣，其他人還有什麼辦法嗎？

就在眾人不知所措，準備跟行屍奮力一搏的時候。只見躺倒在地上的苗君儒又坐了起來，往手中的青釭劍吐了一大口血，用盡全部力氣，將劍朝東南方向擲了出去。

青釭劍在夜空中飛過，劍光就像流星一般，很快消失在東南方向。

平地捲起一陣陰風，吹得眾人連打幾個寒戰。陰風夾雜著沙土，吹得眾人睜不開眼。當陰風消失時，第一個睜眼的崔得金，用一種近乎歇斯底里的聲音叫起來：「不見了，那些行屍不見了！」

苗君儒睜開眼，欣慰地笑了笑。他不得不有些慶幸，在他倒地之後，若不是那位高人及時收手，只怕他們幾個人都將喪命於行屍之口。

當然，他這招玉石俱焚的做法，多少起到了一點作用。那位高人不知道他的底細，見他接連用佛道兩派的辟邪驅魔之術相抗，還以為他真是個什麼厲害的角色。再僵持下去也討不著好，弄不好真把自己的性命給搭進去，所以及時收手了。

虎子扶著苗君儒，問道：「苗教授，你沒事吧？」

苗君儒吃力地從胸前取下護身符，說道：「這個護身符是你娘給你做的，對我沒有用，你還是戴著吧！」

虎子把護身符戴好，說道：「苗教授，我還以為護身符能幫到你呢！」

苗君儒對李大虎說道：「那邊的地上有一些桃子，你們趕快吃了吧。此地不宜久留，我們先回去，找個地方住上一宿，明天再說！」

崔得金驚道：「什麼？往回走，不往前面去了？」

苗君儒說道：「我們對這裏的地形不熟，晚上最好不要冒然亂走，一切等天明之後再說。」

李大虎罵道：「姓崔的，就是你他娘的急著趕路，把我們帶到這裏來的，要不是苗教授提到，我們幾個都會死在這裏，你小子到底是什麼居心。你要走你走！」

他說話的時候，將手裏的槍管提了提，對崔得金提出警告。

沒有再反對苗君儒的建議，李大虎和老地耗子他們三個撿起地上的桃子，不管乾不乾淨，就往嘴裏塞。

齊桂枝撿了幾個桃子，在衣服上擦了擦。不虧是大家閨秀，讀過書的知識份子，連吃個桃子都吃得那麼文雅。

一行人往回走，虎子扶著苗君儒走在最後。低聲說道：「苗教授，你這麼辛苦捨命救了他們，他們居然連一句感謝的話都沒有，你圖的是什麼？」

苗君儒沒有說話，他實在是沒有力氣說話了。兩個人走得很慢，但前面的三個人也走得不快。李大虎每走幾步，還扭頭看一看苗君儒。

來到那條深溝邊時，苗君儒朝前面的人說道：「今晚就在這裏吧！」

深溝邊上只有一條並不寬的石子路，一側是深溝，另一側則是一人多高的樹叢，連個稍微平坦一點的地方都沒有。

深溝內煙霧繚繞，溝旁冷氣襲人。在這地方睡上一覺，身體一旦受了風寒，只怕明天一早連路都走不了了。

苗君儒吃力地說道：「依我看，附近沒有比這裏更安全的了！你們去找些乾樹枝燒堆火，勉強湊合一晚吧！我要調息一下，你們不要打擾我！」

李大虎他們四個男人進入樹叢尋找乾樹枝，苗君儒則盤腿坐了下來，閉上眼睛開始調息。遠處傳來夜梟的啼叫，齊桂枝似乎很害怕，挪到苗君儒的身邊坐下。就在這時，她聽到身後傳來腳步聲。

那腳步聲很輕、很輕，慢慢地朝他們走了過來。

第六章

曠世奇書《太平要術》

三國時期，曹操手下的謀士郭嘉根據《太平經》
加以推演和研究，編撰了一本《太平要術》。
《太平要術》集結了所有玄學的法術與周易推演之術，
能行軍佈陣，推算凶吉，更能呼風喚雨，顛倒陰陽。
是一本不可多得的曠世奇書。

苗君儒雖然傷了元氣，但是他的體質非同常人，只需調息一下，內力便恢復了不少。來自身後的腳步聲，他也聽到了。不需扭頭，他就知道來的是一個女人。

只有女人走路，才是這樣的聲音。

他聽到齊桂枝發顫的叫聲：「苗教授！」

來人若是醜蛋或者守金花，齊桂枝都不會那麼叫。苗君儒轉過頭去，微微睜開眼睛。

他看到了一個女人，準確地說，應該是個老女人。老女人的胸前也掛著一串和苗君儒一樣的七彩貝殼，上身穿著和守金花一樣麻布粗衣，下身繫著獸皮，光著腳。雜亂的頭髮披下來，遮住了大半張老臉。右手拄著一根拐杖，拐杖上懸著一顆羊頭，左手卻捧著一顆骷髏頭。

若在平時，這樣的一個人突然出現在別人的面前，不把人嚇破膽才怪。

苗君儒低聲道：「前輩的陰陽行屍大陣，在下領教了！」

老女人那夜貓似的眼睛閃出一抹詭異的亮光，望著苗君儒啞聲道：「你選擇地牛翻身的時候進谷，一定是為那個東西來的。就算我能夠放過你，只怕你也沒命離開。沒有人能夠破得了死亡詛咒，谷內的秘密是不會讓世人知道的。」

老女人說完之後轉身離開，身影如鬼魅一般消失在黑暗中。

過了一會兒，齊桂枝才說道：「可惜我……我沒拿槍！」

苗君儒說道：「你有槍也打不死她！什麼樣的武器她都不怕。」

正說著，李大虎他們幾個人回來了。虎子關切地問道：「苗教授，你好些了吧？」

齊桂枝說道：「剛才……」

苗君儒接過齊桂枝的話頭，說道：「剛才我們在閒聊。」

齊桂枝見苗君儒這麼說，便沒有再說話。崔得金和老地耗子點起了篝火，火一生起來，人感覺舒服多了。幾個人各自找了一些雜草墊在身下，都躺了下來。

虎子朝深溝下面瞅了瞅，說道：「明天我們要把溝裏的人救上來嗎？」

苗君儒說道：「不管下面的是什麼人，把他們救上來，或許對我們有幫助！」

他覺得有些奇怪，這麼多人在上面說話，燒火，深溝下面的人居然沒有再喊話，莫非他們睡覺了？

或許是太累的緣故，苗君儒瞇上眼之後，沒多一會兒就睡了過去。多年的野外考古牛涯，使他養成了異於常人的警覺性。迷迷糊糊之間，他覺得有人在說話。他並沒有睜開眼，而是用耳朵靜靜的聽。

就像在收魂亭那晚的情形一樣，兩個男人低聲說著話。夜晚的蟲鳴掩蓋住了兩個人說話的聲音，不仔細聽是很難聽得到的。

聲音斷斷續續的，聽得不是很清楚，一個聲音說：「……必須想辦法……殺……那邊……」

另一個聲音說：「……我們……姓苗的……萬一……拿到東西就……」

苗君儒微微睜開眼，只見篝火仍在燃燒，虎子、李大虎和齊桂枝都睡得很香，唯獨不見了老地耗子和崔得金。

這兩個傢伙果然有問題，若是他們相互勾結起來，情況就很嚴重了。

籠罩在皇帝谷上空的雲霧，不知道何時已經散去，夜空中寥寥幾顆星星，忽閃忽閃的並不明亮。倒是東邊那顆啟明星，亮得有些刺眼。

快天亮了。

儘管有篝火烤著，仍舊感覺到有些寒意，衣服被露水打過的地方，顯得非常潮濕。

苗君儒聽了一會兒，居然沒有一句關鍵的語句，看樣子，他們兩人是在商量聯手對付大家，萬一不行就殺人，拿到東西就出去。

金鑰匙已經在崔得金的手裏，他們兩人想要得到的東西，莫非是霸王之鼎？

過了一會兒，兩個人影鬼鬼祟祟地回來了，在篝火旁躺下。

苗君儒閉上眼睛，像先前一樣發出均勻的呼嚕聲。

天亮之後，幾個人陸續醒來。苗君儒經過一夜的休息，體力恢復了七八成。

虎子站在溝沿喊了幾聲，可下面都沒有人答應，莫非下面的人已經死了？

不管怎麼樣，苗君儒都想下去看看。大家進到樹林裏，扯了一些藤條出來編成藤索。運氣還不錯，老地耗子發現了幾棵山梨樹，儘管樹上的山梨沒有成熟，吃在嘴裏又酸又澀，可總比沒有吃的強多了。

苗君儒把藤索在腰間紮緊，又往溝沿的一棵樹上纏了一圈。上面的人利用樹幹形成的緩衝力慢慢往下放，不至於那麼吃力。

李大虎說道：「苗教授，要不要帶防身的東西？槍還是刀，你說！」

苗君儒的青釭劍在破陣時遺失，暫時無法尋回，在這種地方，刀有時候比槍還管用。他向李大虎要了那把日本刀，又紮了兩支火把，才在虎子的幫助下慢慢往溝裏下去。

或許是濕氣太重的緣故，溝壁上又濕又滑，幾乎站不住腳。

下到十幾米後，光線暗了下來。苗君儒點起火把，繼續往下攀爬，同時叫道：「老前輩，你們還在嗎？我們下來救你們了！」

一陣嗚嗚的聲音，來自苗君儒的左邊，他借著火把的光線，勉強看清那是一處凹進去的山洞。距離山洞大約有七八米，這點問題難不住他，他的右腳朝溝壁上一用力，整個人借助反彈力，蕩了過去。

就在貼近山洞的時候，他聽到上面傳來一聲槍響，藤索猛地一鬆。身在半空中的苗君儒頓時大驚，他來不及思考上面發生了什麼事，而是用盡力氣將日本刀往溝壁上插，意圖穩住身體的平衡。

可惜日本刀無法插入溝壁，刀尖在溝壁上劃過，發出刺耳的聲音。溝壁上清潔光溜，無法攀爬，也沒有可抓的樹根與藤條，他控制不住下墜的速度，身體像石塊一樣往深不見底的黑暗中墜去。

就在他萬念俱灰之時，纏在身上的藤索突然一緊，一個蒼老而沙啞的聲音從頭頂傳來：「年輕人，抓住藤索爬上來。」

他抬頭一看，隱約見到從山洞內伸出一條繩索，纏住了上半段藤索。

他吃力地爬進山洞，山洞內的光線很暗，當眼睛適應過來之後，才看清纏住藤索的繩索，原來是由長布條結成的。山洞並不大，瀰漫著一股刺鼻的腥臭味。走了兩步，腳底下發出脆響，低頭一看，見滿地的細小骨頭，還有一堆堆的羽毛。

靠近洞壁的地方，有兩個盤腿坐著的人。醜蛋說得不錯，深溝下面確實有兩個人。

這兩個人坐在那裏一動也不動，就像兩尊泥塑的神像，其中一個的眼眶深深凹陷下去，是個瞎子，另一個雖然不瞎，但是眼珠白多黑少，呆滯而空洞，失去了活人的神色。兩人的衣服早已經破爛得不成樣子，蓬頭垢面，頭髮和鬍子一樣長，身體瘦得都已經失去了人形，若不仔細看，還以為是骷髏骨上包了一層皮。

其中一個人看著他，臉上似乎有一抹微笑，這人的手指甲又髒又長，乾枯的指骨和殭屍一樣。和旁邊那個瞎子不同的是，這人的腳上穿著一雙皮鞋。

苗君儒認得這雙皮鞋，他的導師林淼申平時去上課，都會將這雙皮鞋刷得油光錚亮。他仔細辨認了一下，終於認出這人就是他的導師林淼申。他上前問道：「老師，你怎麼會困在這裏的？」

林淼中張了張口，讓苗君儒看了他那沒有舌頭的嘴巴，扭頭看了看旁邊的老瞎子。

老瞎了陰森森地問道：「你是他的學生？」

苗君儒說道：「是的，我叫苗君儒，是他的學生！如果我沒有猜錯，前輩就是原來在邯鄲城內算命的何半仙吧？」

何大瞎子呵呵笑道：「林教授的學生苗君儒，我也聽說過你，不錯，年輕人，你是個奇才！國難當頭，你考什麼古？我和你老師兩個人，要不是為了這個國家，也不會落到現在的地步！」

何大瞎子和林淼申的年紀都比他大許多，難怪方才也稱他為年輕人。他看到林淼申左手在老瞎子右手的手心上畫來畫去，原來他們兩人是用這種方法交流的。林淼中能聽得到，但是不能說話，有什麼問題，只有借何大瞎子的嘴巴說出來。

苗君儒和導師林淼申是同一年進入北大的，不同的是一個做學生，一個當客座教授。那時的北大，受新學潮和新思想的影響，面向社會廣納賢才，很多飽學的賢才相繼進入北大，使得北京大學思想解放，學術繁榮。

聽了何大瞎子的話，苗君儒淡淡地說道：「其實我早就知道老師是個什麼樣的人！」

剛入北大讀書的苗君儒，知道北大有很多社團組織，有一些帶著明顯的政治色彩，生性對政治不感興趣的他，每日只知徘徊於教室、圖書館和寢室之間，三點成一線，鑽研自己的學科專業。

那時的北大校園，充滿著無限生機。師生之間的關係，就像兄弟一樣那麼親熱。

林教授的大度與開朗，在苗君儒的心裏留下了良好的印象，但是後來發生的一件事，卻使他對林教授敬而遠之起來。

那是一個暮春的下午，苗君儒因事上街，見街上開來幾輛車子，車上綁著幾個人，背上插著亡命牌。這年頭鬧什麼兩黨分裂，每天都有人被綁著拉到郊區去槍斃。學校裏有幾個教授和一些學生也被當局抓走，儘管多番營救，但仍有不少人莫名其妙地失蹤了。

他認出車上的兩三個人，在林教授的宿舍見過，他們經常在一起關著門，不知道在商量什麼事情。

他跑步回學校，見林教授仍在教室裏上課，一副泰然處之的樣子。

後來他知道，當局軍警好幾次搜查林教授的宿舍，都一無所獲。誰都無法確定，這個頗具聲望的北大教授，究竟是不是「極端分子」。

迫於社會輿論的影響，林教授一直在北大任職，日子過得平和而安靜。儘管如此，在苗君儒的心裏，他已經認定林教授就是那類人。

何大瞎子接著問道：「你是怎麼來這裏的？」

苗君儒便把接到老師的信，以及來這裏的經過，簡要地說了。

何大瞎子說道：「韓掌櫃是自己人，信是我放在他那裏的，我告訴他，如果我一個月未能出谷，就把信寄出去。因你遠在甘肅考古，所以我沒辦法帶你一起來，在我所有的學生裏面，只有兩個人對玄學最有研究，其中一個是你！」

話雖然由何大瞎子的口中說出來的，但卻是林淼申的說話語氣。看上去，苗君儒是與何大瞎子談話，可實際上卻是與林淼申在談話。

北大考古系是冷門學科，所招收的學生並不多，中華玄學研究雖然是考古系學生的必修課，但深諳此道的人並不多。每個教授都有自己的得意門生，苗君儒是林淼申的得意門生之一，另一個會是誰呢？

何大瞎子轉向林淼申，說道：「老傢伙，你可聽清楚了，我何大瞎子算命，從來沒有不準的。只不過有時候不想洩露天機，說些哄人開心的話，糊弄兩個錢而已。我說有人害你，就有人來救你，成也蕭何敗也蕭何，兩個都是你的學生，你服了吧？」

林淼申面無表情地「吼吼」笑了幾聲。

苗君儒問道：「是誰害了我老師？」

何大瞎子說道：「這話說來就長了！」

在何大瞎子的講述中，苗君儒終於明白事情的原委。原來林淼申果真是地下黨，而且級別還不低。兩年前，林淼申接到八路軍總部轉過去的消息，說太行山麓有一個叫皇帝谷的神秘山谷，相傳只要破解裏面的玄機，就能得到成仙。千百年來，只有人進去，卻不見人出來。谷外有一個神奇的村莊，與外界極少聯繫。八路軍某遊擊縱隊司令蕭三元，身受重傷住進該村，喝過該村的一種藥水，只過了一晚便痊癒了。缺醫少藥的八路軍自然渴望得到這種神奇的藥水。經過調查，有人認為皇帝谷內埋藏著許多黃金。因為抬棺村從外面買女人和物品，所用的都是金沙。

工作組奉命進村，意圖在不影響軍民關係的前提下，得到神秘藥水。奇怪的是，進村的工作組連連出事，這可急壞了總部的領導，不得已才求助於林淼中。

由於林淼中當時有要事在身，先派了一個學生帶隊進村，摸一摸村子的底細。一年前，他得到那個學生給他寫的信，信中詳細地說了抬棺村和皇帝谷的神秘，懷疑漢末消失的巨額黃金，極有可能藏在這個山谷中。

苗君儒聽到這裏，驚道：「他的那個學生該不是崔幹事吧？」

何大瞎子說道：「正是他，你見過他了？」

苗君儒怎麼都沒有想到，崔得金居然是他的學弟，是林教授口中兩個對玄學最有研究的人之一，難怪對玄學那麼精通。這個深藏不露的學弟，究竟有多少不為人知的秘密？

「若不是前輩說出來，我還真不知道他也是老師的學生！」苗君儒說道：「可是我打聽到，他不是北大出來的，其父是當地有名的風水先生，從小受父親的影響，略通風水堪輿和玄學，畢業於合肥師範學院，在淮北一所中學裏教書，日軍攻下淮北時，老婆和孩子都死於戰火，一氣之下投筆從戎，參加了八路。」

何大瞎子說道：「他是拜我為師的，我見他對玄學的研究有很深的造詣，就收下了他！」

原來是這樣。教授在校外收學生的情況，在北大很普遍。有些拜北大教授為師的人，經過教授的點撥之後，在某個領域上的研究，一點都不亞於北大出來的學生。苗君儒就收了幾個古董界的學生，有些學生的年紀和他相仿，經過他的幫助，這些人在古董界都成了泰斗級的人物，對古董的鑒賞辨別能力，超於一般的人。

何大瞎子的嘴巴沒停，繼續說下去：「我到達八路軍總部，見到地下黨用食鹽向村民換來的金沙時，才決定親入皇帝谷探個究竟。」

苗君儒微微點頭，一個與世隔絕的貧困村子，居然會有金沙，這本身就有許多令人遐想的地方。

秦漢時，黃金為當時流通的主要貨幣，官方賞賜、饋贈動輒就是以千萬計，當時中國的黃金之多，令後世驚奇。但在東漢年間，這麼多的黃金突然不見了，真令人百思而難解，成為最大的歷史謎團。後世學者對於這個謎團提出了不同的看法，歸納起來不外乎四種。其一、認為黃金已用於佛事。其二、認為是東漢對外貿易入超所致。其三、認為大量黃金被埋於地下。其四、認為當時所說的黃金其實是黃銅。

支持每種說法的學者，都能提出獨到的見解和歷史佐證，可惜所謂的佐證往往經不起推敲。清末民初時，更多的學者趨向於第三種說法，認為黃金被當成了殉葬品，隨從權貴們埋入了地下。但是據考古資料顯示，在被挖掘的多座漢代墓葬中，並沒有發現過多的黃金。

漢代的巨額黃金究竟去了哪裏，這個問題一直困擾著學者們，誰都無法給出最令人信服的答案。

何大瞎子乾咳了幾聲，說道：「總部非常重視這件事，從各支隊伍中挑出精幹的人，命魯隊長帶隊，保護我進谷。並且通過邯鄲城博雅軒孫老闆的關係，找到了精通陰陽術數的何大瞎子，跟隨我一同進谷。我在進谷的路上都留下了標記，我一旦無法出谷，你接到信之後一定會來，按著標記，就知道怎麼走了。」

苗君儒確實發現了林淼申留下的標記，但他進谷後，卻不完全按著標記走的。在大明皇陵那裏，他和其他人分開了。崔得金一定也注意到了標記，否則絕對不會帶著大家走到石牌坊。他想了一下，說道：「一年前所發生的事情，我聽別人說過一些，好像有兩撥人馬進了谷。我們在進谷之後，也發現了日本人的屍體，到底是怎麼回事？他是怎麼害你們的？」

何大瞎子說道：「小鬼子是跟著我們後面進來的，外人要想進谷，除了谷口的那條路外，別無他路。」

苗君儒說道：「我聽崔得金說過，魯隊長帶人進谷之後，他奉命帶人守在谷口，就是想接應谷內的人，沒想到隊員出了事。會不會是他們離開後，讓日本人鑽了空子？」

雖然他懷疑崔得金的真實身分，但卻不相信崔得金敢勾結日本人。他們倆探討推背圖時，他已經對日本人的軍事做了預測，將在民國三十四年結束，當漢奸的人到時候會是什麼結果，稍微用腦子想一想都知道。一個精通玄學而又精明的人，是會考慮自己退路的。

何大瞎子說道：「日本人的勢力一直都在太行根據地的週邊，據我們打入日軍內部的地下人員透出的消息，日本人得到皇帝谷的消息，是在他到達抬棺村之後。我們想得到的東西，日本人肯定更想得到。所以這一年多來，日軍不斷對太行根據地進行瘋狂的掃蕩，就是要弄清這裏的地形。」

苗君儒說道：「既然這樣，為什麼不把他抓起來？」

何大瞎子說道：「正因為他是我派來的學生，組織上對我非常信任，所以一直在暗中調查他的問題，只可惜都沒有找到他勾結日本人的有力證據。」

如果崔得金真是投靠日本人的漢奸，這個傢伙隱藏的本事實在太高超了。驀然間，苗君儒想起了醜蛋，醜蛋具有特異功能，能夠在近距離內得知別人大腦裏所想的問題，如果醜蛋肯幫忙的話，就一定能夠摸清崔得金的真實身分。他說道：「這次他跟著我們一起進谷了，不管他是什麼人，我一定不會放過他！」

當下，他還把發生在收魂亭那晚的事情，以及進谷之後的遭遇說了。

何大瞎子也笑道：「林教授，你的學生能夠在千屍屋活著回來，本事不小呀！」

苗君儒驚道：「你們也知道千屍屋？」

何大瞎子問道：「死老婆子的陰陽行屍大陣，你覺得怎麼樣？」

苗君儒說道：「若不是她及時收手，只怕我已經命喪此地了！」

何大瞎子說道：「一年前，我們也是被她的陰陽行屍大陣困住，可惜她忽略了我和你老師的本事。我們和她拚得兩敗俱傷之後，被谷內的野人抓住，他們把我們關在這裏，我們餓急了，就抓些飛鳥和蝙蝠來充饑。」

苗君儒說道：「我下來就是救兩位出去的！」

何大瞎子說道：「你自己都困在這裏了，怎麼救我們出去呀？我們的腿都已經瘸了，根本走不了路，出去也是累贅，再說了，兩個黃土蓋頂的人，在這個小洞裏生活了這麼久，都已經習慣了，就當是修行吧！」

聽何大瞎子的意思，他們是不願離開這裏了。

何大瞎子長歎了一聲，接著說道：「我們進谷一共廿四個人，可能是冬季的緣故，並沒有見到你說的那隻大鼉龍，更沒有見過騰蛇，只是在明皇陵那裏，損失了幾個人。我們發現後面跟著一隊日軍，人數還不少，在石牌坊那裏，是魯隊長和守金自願兵分兩路，想引開日軍。你說的不錯，除了守金之外，沒有人能夠活著離開這裏。他是抬棺村的人，一定知道谷內的情況，而且谷內的人也會幫他。」

苗君儒說道：「在石棺那裏，我只見到魯隊長和日軍少佐的屍身，另一具已經化成骸骨的人，不知是誰！那個人的手裏為什麼會有傳說中的金鑰匙？當時跟魯隊長他們一起去的人裏面，是不是還有什麼重要的人？」

何大瞎子說道：「除了魯隊長和守金之外，就只有七八個遊擊隊員。你說的金鑰匙，他們很可能就在那地方得到的。有關霸王之鼎的事情，僅僅是個民間傳說，很多人都不相信的。哈哈，很好，很好，終於對上了！」

何大瞎子說的最後一句話，苗君儒沒有聽懂，他問道：「老師，什麼對上了？」

何大瞎子說道：「崔得金寫給我的信裏提到，他懷疑谷內葬的皇帝是曹操。」

苗君儒也聽崔得金說過，每年的正月二十三，村民們都會到谷口祭拜，而正月二十三正是曹操的忌辰。他在谷內撿到的青釭劍，也證實與曹操有很大的關係，可是谷內出現的明皇陵和九宮八卦陣內那塊建武元年就立下的石碑，又作何解釋呢？

何大瞎子繼續說道：「既然你進了谷，就應該知道，谷內不可能只葬著一個皇帝。」

苗君儒說道：「不錯，我也覺得谷內葬的不止是一個皇帝。」

何大瞎子說道：「我認識一個前清的王爺，雖然清朝已經退位，但王爺的日子過得還不錯，府內養著幾個道士，每天鑽研術數。有一天，王爺把我請了去，要我去幫他看一樣東西。是一封大明洪武皇帝朱元璋於洪武二年寫的密旨，密旨下給一個叫于滿堂的人，要于滿堂秘密將位於鳳陽的祖陵內的骸骨起出，送往天機之谷安葬，並持金鑰匙打開洪荒之門，取出霸王之鼎。

「我查過明史和許多資料，朱元璋曾經在洪武二年下詔於家鄉興建中都城，同時詔諭因舊陵之地，培土加封。洪武八年，罷建中都，又用中都餘材，再次營建父母之陵。

「那個于滿堂是安徽鳳陽人，至正十三年（西元一三五三年）朱元璋回鄉募兵時參加的義軍，一直追隨朱元璋，洪武元年被封為大內親軍都督府檢校。自那以後，明史中並無此人的任何資訊。這個人平白從人間蒸發了！鳳陽縣誌中有短暫的記載，洪武十三年，該縣一于姓村子，遭大內禁軍屠殺，全村老少無一倖免，此事疑與胡惟庸案有關。于滿堂在洪武二年失蹤，他的族人在十一年後慘遭滅族，你不覺得有問題嗎？」

苗君儒想起了那具坐在太師椅上，被猴王領著眾猴膜拜的遺骸，莫非那具骸骨，就是替朱元璋辦事的于滿堂。可惜他無法拿到骸骨手中的那塊金牌，或許從金牌上可以知道骸骨究竟是誰。他說道：「于滿堂一定沒有完成朱元璋交代的任務，才導致族人罹難。」

何大瞎子咳了幾聲，吐出一口濃痰，說道：「我去過江蘇盱眙和安徽鳳陽的大明祖陵，依這兩處的風水看，最多只能保朱元璋後代六世為帝。但實際上明朝卻經歷了二十個皇帝。那個王爺告訴我，這封信一直藏在宮內，老佛爺死了後，才輾轉到了他的手裏。從順治爺開始，清朝每一代皇帝都不遺餘力地派人尋找那處所謂的天機之谷，王爺承諾只要找到天機之谷，就保我們後代子孫富貴。」

苗君儒問道：「你去了沒有？」

何大瞎子說道：「他們滿人，哪裏懂得我們漢人的東西？都已經是民國了，還想著復辟呀？我告訴他，那封信是假的，從紙張顏色和墨蹟上看，應該是明末的。有些人就喜歡弄些假的東西出來騙人錢財，想不到連大清的皇帝都給騙了。王爺聽我這麼一說，當場就把那封信給燒了。唉，可惜了那封能夠揭開一段歷史迷霧的書信呀！我沒想到，原來霸王之鼎和天機之谷確實存在。」

苗君儒原來就聽林淼申說過，傳聞九州大地上有一處神奇的地方，內含天地玄機，稱為天機之谷。谷內陰陽互補，藏風聚氣，為上等佳穴所在。如有人葬於谷內，可保後代子孫世代為帝。看來，他現在所處的山谷，就是傳說中的天機之谷了。

他不禁佩服老師的智慧，不僅斷了王爺尋找天機之谷的念頭，也使得這個天大的秘密，永遠成為歷史之謎。他說道：「其實要想知道谷內的秘密，只要弄清抬棺村的歷史就行了！」

何大瞎子慢悠悠地說道：「抬棺村，村裏的人都姓守！谷內谷外的人，都是相通的，他們就是要守住皇帝谷裏的秘密呀！他在抬棺村待了一年多，應該有所收穫才對。」

苗君儒點了點頭，他也是這麼認為的。若崔得金真是漢奸，就算有所收穫，也不可能告訴老師。他說道：「我聽村內一個叫醜蛋的女孩說過，今年上春日本鬼子來抬棺村掃蕩過一次，村內一個叫老半仙的人，本來已經上了山，可掛念著家裏的那本書，想回來拿書，結果遭了毒手。老半仙死得很慘，下半身被村西頭那碾麥子的大石滾子給碾碎了，活活痛死的，死了之後的老半仙，手裏抓著從那本書上扯下來的一頁紙。」

何大瞎子說道：「抬棺村處在茫茫大山之中，若不是有嚮導帶路，只怕我都找不到那裏。依我看，日軍掃蕩的目的很可能就是為了要得到那本書，他們那麼折磨老半仙的目的，就是逼老半仙說出書內的秘密。」

苗君儒說道：「可惜那本書已經被日本人搶走了，村裏只剩下一頁紙。若是知道那是一本什麼樣的奇書，說不定會對我有所幫助。」

何大瞎子說道：「其實也不是什麼奇書。我在抬棺村住了兩天，雖然村民都很排斥我們，但是我還是瞭解到了一些情況，並且和你說的老半仙聊過幾句話，我覺得他的思想和言行，與一本書有很大的關係。」

苗君儒問道：「哪本書？」

何大瞎子說道：「還記得我第一次給你上課時，你看的那本書嗎？」

苗君儒怎麼不記得呢？那是林淼申給他所在的這個班的學生們上的第一課，講課的內容與考古毫無關係，而是講述「五四運動」爆發時，北大校長和諸位知名教授，不遺餘力營救被抓學生的故事。雖然林教授口沫橫飛、意氣風發，故事講得驚心動魄、扣人心弦，但苗君儒卻興趣索然，低頭看起了書。

他不熱衷於政治，更沒有什麼遠大的理想，去實現什麼主義，他只想在考古學上有所建樹而已，就這麼簡單。

他這種不懂得尊重教授的舉動，自然引起了林教授的不滿。他看得津津有味，絲毫沒有注意到林教授已經走下講台，來到了他的身邊。

林教授一把奪過苗君儒手裏的書，原本正要出言斥責的他，當看到手裏這本書的書名時，臉色頓時變了變。

這是一本宋刻版本的《太平經》。

《太平經》是早期道教的主要經典，以陰陽五行解釋治國之道，宣揚散財救窮、自食其力，又名《太平清領書》。漢代曾流傳三個版本的《太平經》：西漢成帝時齊人甘忠可造《天官曆包元太平經》十二卷；東漢順帝時宮崇上其師于吉於曲陽泉水上所得《太平清領書》一百七十卷；張陵《太平洞極經》一百四十四卷。均已佚。《正統道藏》所收《太平經》僅殘存五十七卷，另收唐末閭丘方遠《太平經鈔》十卷及《太平經聖君秘旨》。

有關《太平經》一書的最早記載是范曄的《後漢書》。《後漢書・襄楷傳》中記載：桓帝延熹九年（西元一六六年），襄楷上書曰：臣前上琅邪宮崇受于吉（一作干吉）神書，不合明聽。《襄楷傳》又記載：初，順帝時，琅邪宮崇詣闕，上其師于吉於曲陽泉水上所得神書百七十卷，皆縹白素、朱介、青首、朱目，號《太平清領書》。唐章懷太子李賢注說：神書，即今道家《太平經》也。其經以甲乙丙丁戊己庚辛壬癸為部，每部一十七卷也。照李賢的說法，神書即是《太平經》。此神書分甲乙丙丁戊己庚辛壬癸十部，每部十七卷，共一百七十卷。

這部神書是于吉在曲陽泉水上所得，但得之於何時、何人，歷史上都沒有公論。

一個剛入學沒多久的考古系學生，居然喜歡看這樣的書，不得不令林教授刮目相看。他合上書，和顏問道：「你對此書瞭解多少？」

他以為苗君儒會回答出這本書的歷史及相關內容，哪知苗君儒卻說道：「我才剛剛開始看，原以為是本佛經，誰知是道家的東西。」

苗君儒的回答引來其他學生的哄堂大笑。

林教授將書還給苗君儒，說道：「其實佛道本是一家，其教義和宗旨都是一樣的，不同的是個人的修為和對教義的認知程度，好好看吧，也許哪一天你會發現，這真的是一本神書。」

他接著轉向其他學生，大聲道：「人各有志，不可強求！以後我的課，你們願意聽的就好好聽，不願意的，可以像他一樣，看你們喜歡的書！」

以後的課程裏，在林教授的滔滔不絕之中，從上古神話，到明清簡史，從青銅器皿和玉器的分類辨別，到歷朝金銀瓷器和書畫的鑒賞，讓學生們領略了什麼才是博學。

自那以後，林教授又拿了幾本類似的書籍給他看，諸如東晉郭璞所著的《葬經》以及注譯的《周易》和《山海經》，唐朝丘延翰的《理氣心印》，楊筠松的《疑龍經》和《撼龍經》，南唐何今通的《靈城精義》，並要他對其中的一些地方加以注譯。

一個考古系的學生，怎麼可能不精通風水堪輿呢？

想到這裏，苗君儒暗驚，問道：「如果老半仙手裏的那本奇書真的是《太平經》，那《太平經》與皇帝谷又有什麼關係呢？」

何大瞎子問道：「你對《太平經》瞭解多少？」

苗君儒以前研究易經的時候，也對《太平經》產生過濃厚的興趣，他收集了很多資料，對多種不同版本的《太平經》加以研究，最後判斷《太平經》的精華就在「眾術」這二字上。

當下，他說道：「《太平經》雖是一本集『證果、修因、禁忌、眾術』為一體的道家學說，但是我認為，此書的精要，就在『眾術』二字上。當年黃巾起義，張角就是借助這本書上的術數，才迷惑了一大批人。可惜古代的賢達們怕後人利用《太平經》中的術數造反，將精要之處刪減掉了。如今的《太平經》，只不過是……」

他的話還沒有說完，林淼中張開黑洞洞的嘴巴，發出「吼吼」的笑聲。

何大瞎子也笑道：「我記得你當年看的那本是宋版的，精要之處刪減掉了。若有人手裏有一本集眾術為一體的《太平經》，你認為是不是一本奇書呢？自三國之後，所有風水堪輿與術數有關的書籍，均與《太平經》眾術的殘卷有關聯。當年我在一座西漢的王侯墓葬中，就發現了幾塊《太平經》眾術的木刻版，上面居然提到了霸王之鼎與陰陽五行定穴！你進谷之後，難道沒有發現谷內暗藏著陰陽五行的玄機嗎？」

苗君儒點了點頭，說道：「和我一起進來的人裏面，有一個叫老地耗子的盜墓高手，他也注意到了谷內陰陽五行的玄機，還說是五行定乾坤。」

何大瞎子說道：「陰陽極地，河流山脈，尋真龍穴所在，利用山川地勢，以陰陽五行定位，連接天氣靈氣，可掌乾坤萬代。這就是五行定乾坤！無論谷內葬著哪一朝皇帝，都無法延續子孫萬代，問題出在哪裏呢？」

苗君儒說道：「定位不準！」

何大瞎子說道：「不錯，你應該注意到了，在大明皇陵那裏，所有的顏色居然是黑的！」

苗君儒說道：「東方木，在色為蒼；南方火，在色為赤；中央土，在色為黃；西方金，在色為白，北方水，在色為黑。從山谷整體的位置上看，大明皇陵在東面，屬木，其色應為青綠，可卻變成了黑色！」

何大瞎子說道：「這在風水學上來說，叫做五行出位，本來一處絕佳的風水寶地，雖聚風藏氣，卻陰陽異變，變成了一處充滿死亡的神秘山谷。」

晉代郭璞的《葬書》云……葬者，藏也，乘生氣也。……夫陰陽之氣，噫而為風，升而為雲，降而為雨，行乎地中，謂之生氣……生氣行乎地中，發而生乎萬物。人受體於父母，本骸得氣，遺體受蔭……蓋生者，氣之聚。凝結者成骨，死而獨留。故葬者反氣納骨，以蔭所生之道也……富貴官品，皆由安葬所致，年命延促，亦曰墳壟所招……

苗君儒說道：「究竟是什麼原因所造成的呢？」

何大瞎子乾笑了幾聲，說道：「如果我沒有猜錯的話，所有的答案都在那本被日本人搶走的《太平經》上！那本經書還有一個名字，叫《太平要術》」

苗君儒暗驚，他在研究《易經》與《太平經》時，從一本相關的書籍上，查到《太平要術》這本書的簡單資料，說是在三國時期，曹操手下的謀士郭嘉，世稱鬼才，字奉孝，潁川陽翟（今河南禹州）人，自幼熟讀諸子百家，尤其對術數方面的書籍深感興趣，郭嘉根據《太平經》上的術士，加以推演和研究，編撰了一本《太平要術》。《太平要術》集結了所有玄學的法術與周易推演之術，能行軍佈陣，推算凶吉，更能呼風喚雨，顛倒陰陽。是一本不可多得的曠世奇書。正因為郭嘉精通術數，才得以神機妙算屢建奇功，得到曹操的信任。

由於郭嘉在編撰這本書時，灌注了太多的心血，加上書中透露了天機，折了他的陽壽，所以他只活了三十八歲。郭嘉一死，使曹操痛徹心扉，發出孤猿泣血般的哀歎：惜哉奉孝！痛哉奉孝！哀哉奉孝！

苗君儒查了很多書籍，想找到這本《太平要術》，可惜一點線索都沒有。在歷史上消失的曠世奇書，並非一兩本，所以他後來就沒有再刻意去尋找。若老半仙手裏的書，真的是那本《太平要術》，那麼，曹操的真墓應該就在谷內。

苗君儒說道：「《太平要術》已到了日本人手裏，恐怕很難搶得回來。」

何大瞎子說道：「別忘了，在收魂亭和崔得金接頭的那個神秘人，他可是一個非常關鍵的人物，現在崔得金已經拿到了金鑰匙，如果我沒有猜錯，他們的目標除了神秘藥水和谷內的黃金外，還有霸王之鼎！據我們打入日軍內部的同志透露，日軍每個師團以上的單位，都有一個玄學智囊團。智囊團的人數不多，大約一到兩個人，但每個人都是玄學方面的高手，不但精通中國古文化和玄學，而且會使用術數。日本很多武術門派的術數，其實都是從中國學去的，最出名的當屬尹賀派的忍者隱身之術。」

日本跟中土交流，最早的可追溯到西漢時期，西漢時期是中國古代玄學發展的一個大時代，術數研究達到了巔峰。日本使者來到中土，不可能不帶走一些典籍。一直以來，日本在玄學方面的研究都頗有建樹，歷朝歷代的巫術都很盛行，湧現出不少大師級的人物，這樣的人往往被政治和軍事所用。在幕府時代，每次開戰之前，都有雙方的巫師在助陣。

何大瞎子繼續說道：「以日本人的性格，不達到目的，是不會善罷甘休的，第一次不成功，還有下一次，直至成功為止。依我看，外面肯定在打戰，就像去年一樣，日軍往往以大規模軍事行動，配合小股部隊的行動。」

苗君儒把當前外面正在進行反掃蕩戰爭的形勢說了。

林淼中又發出「吼吼」的笑聲，手指快速在何大瞎子的手心上畫著。

何大瞎子說道：「據我所知，日軍第三十六師團裏面，有個叫藤野一郎的人，此人是日本玄學大師上川壽明的得意門生，若此人出馬，不可不防呀！」

苗君儒怎麼會不知道上川壽明呢？上川壽明是日本著名的玄學大師，一生研究玄學，對中國的周易八卦等各家玄學著作研究深透，並且精通風水堪輿及推算之術。「七七事變」之前，他曾經去日本，與幾個日本考古界的朋友參加一個考古學會議，就聽到過上川壽明這個奇人的名字。此人對名利很淡薄，但名氣卻很大，昭和五年（西元一九三〇年），此人曾經對好友，時任日本總理大臣的犬養毅發出警告，要對方特別注意五月十五日這個日子，兩年後的五月十五日，犬養毅果然在這一天死於兵變。更讓他記住這個名字的，是此人在昭和十一年（西元一九三六年），就準確地預測和推斷出了次年「七七事變」的發生，連日期都不差。（有關上川壽明與苗君儒終極對決的故事，請見拙作苗君儒考古探險系列——《帝胄龍脈》）

苗君儒凜然說道：「請老師放心，我就是拚了這條命，也不會讓日本人的奸計得逞的！」

何大瞎子說道：「你過來，把雙手給我！」

苗君儒移身上前，讓何大瞎子抓住他的雙手。何大瞎子在他的手上捏了一陣，又在他的臉上摸了幾把，笑道：「放心吧，你命不該絕，死不了！」民間術數高人不僅會算命，還能通過觸摸人體的骨骼，準確地推算出別人的命運，這叫摸骨術。

何大瞎子說道：「上去吧！如果他真的是漢奸，別放過他！」

苗君儒點了點頭，自他掉下來這麼長時間，上面一點動靜都沒有，也不知道上面的情況怎麼樣了。他轉身走到洞口，正思量著怎麼爬上去，頭頂上一陣風響，突然出現一個大黑影。

第七章

傳奇的不死神泉

那液體一沾上血，立即起了反應，
冒出了小氣泡，泡沫堆積在傷口，止住了流血。
一個男人解下隨身帶的水皮囊，用水沖去那些泡沫。
苗君儒親眼見到了這奇蹟，泡沫被沖乾淨後，
猴王身上那處幾乎致命的刀傷，居然連疤都看不到。

那黑影下來的速度挺快，苗君儒一驚，下意識的後退幾步，拔出那把日本刀橫在胸前，預防有什麼不測。

黑影落在洞口，發出「嗚嗚」的叫聲，朝他撲了過來。當他看清面前的黑影，正是先前見過的猴王時，已經遲了。

畜生就是畜生，見到熟人就興奮得忘乎所以，撲上來擁抱的時候，居然忘記了苗君儒手上那寒光閃閃的日本刀。

猴王的速度之快，令苗君儒根本來不及收刀，眼睜睜地看著刀尖刺入猴王的腹部。

猴王的兩隻爪子緊緊地抓在苗君儒的肩膀上，原本充滿喜悅的眼中，被驚駭和憤怒所代替。當牠看到苗君儒那一臉歉意而無比自責的神色時，似乎明白了什麼，身體往後倒了下去。

猴王腹部的刀口血如泉湧，苗君儒丟掉刀，從身上撕下一塊布，盡力將傷口包紮住。

洞口的上方垂下來一根藤索，接著傳來一陣嘰哩咕嚕的喊聲。苗君儒聽出是醜蛋的聲音，是在同猴王說話呢。

猴王吃力地朝上面吼叫了幾聲，用爪子捂著受傷的腹部。儘管已經包紮了，可鮮血還是不斷的溢出來，地上積了一大灘。

得趕快想辦法，否則猴王會流血而死。

苗君儒抓起猴王的兩隻爪子，背起猴王，轉身朝林淼申鞠了一躬，說道：「我一定會替老師報仇的！」

何大瞎子笑道：「祝你好運！」

苗君儒抓住藤索爬上溝沿，見溝沿上站著一大群人，除了他所認識的醜蛋和那個老女人外，其他的都不認識。這些人身上的裝束，與守金花穿的一樣，不少男人手持長矛和弓箭，露出暗黑色遒勁的肌肉，而女人的皮膚則要白皙得多。

李大虎倒在燃盡的篝火堆旁，腹部中了槍，地上積了一大灘血，人已經昏迷了過去，其他人則不見蹤影。

醜蛋的臉龐上，找不到原來的幼稚和天真，取而代之的是冷漠與敵視。

苗君儒看了一眼李大虎，問道：「他怎麼了？」

醜蛋說道：「放心，他死不了！」

苗君儒問道：「其他的人呢？」

醜蛋說道：「我們是聽到槍響才趕過來的，只有他一個人躺在這裏，其他人都不見了！」

除了崔幹事外，別人不可能對李大虎下毒手。即使崔幹事勾結上老地耗子，可虎子是八路軍的人，怎麼也和他們一起逃了呢？奇怪！苗君儒閃過一絲疑惑，並沒有往深處思索。他放下背上的猴王，歉意地說道：「我不是有意傷害牠的，對不起！」

猴王的傷口還在流血，兩隻猴眼緊閉著。兩個男人上前，從苗君儒的背上抬下了猴王。

苗君儒說道：「要儘快讓牠的傷口止血，否則牠會死的！」

「牠的傷不用你操心！」醜蛋說道：「我告訴過你，下面關著兩個人，你見到他們了？」

苗君儒說道：「是的，其中一個正是我的老師，我想救他出來，可是……」

醜蛋說道：「是他自己不願意離開這裏。我……我知道你是個好人，所以幾次幫你，我現在給你一個機會，命人帶你出谷，也不枉我們認識一場！但是你得保證，永遠不得洩露谷內的秘密！」

聽她說話的口氣，完全不是一個小孩子，而是這群人的頭目。

「謝謝！」苗君儒說道：「可是我不能就這麼離開！」

醜蛋問道：「為什麼？」

苗君儒說道：「你對我說過，他們都不是好人。」

醜蛋說道：「放心吧，除了你之外，沒有人能夠離開皇帝谷！」

苗君儒說道：「等我和他們解決完私人之間的恩怨，任憑你們處置！」

一個男人從遠處箭步飛跑而來，用手對醜蛋比劃了一下。

醜蛋說道：「在你們的後面，還跟著一大隊外族人，走吧！」

千屍屋的背後，有一堵深褐色的岩壁，岩壁上有一塊小平台，正好居高臨下地看著千屍屋前面的那塊平地。

遠處的路上隱約出現不少身影，那些人走得很慢，也很謹慎。待那些人走近了一些，苗君儒驚異地發現，那些人的身上都穿著八路軍的軍裝。

八路軍是深曉民族大義的抗日部隊，派人緊跟著進來的原因，一定也是像上次那樣，想得到那種神奇的藥水。

八路軍連續幾年派人進駐抬棺村，都無法做通村民們的工作，這內中的原因，並非一兩句話就能解釋得清的。在不影響軍民關係的情況下，或許這是唯一一種可行的方法。

有人已經在地上鋪了一大塊木刻的八卦圖，老女人端正坐在中間的陰陽圖上，羊頭拐杖放在旁邊，卻將那個骷髏頭擺在面前，又從脖子上取下一串七彩貝殼，放在骷髏頭的頭頂上。

八個胸口刻著陰陽八卦紋身的男人，自覺地站在八個方位，圍著老女人坐成一圈。

老女人開始念念有詞的時候，從骷髏頭的兩個眼眶中射出一道白光，罩住了千屍屋。

苗君儒不忍心這支八路軍的小股部隊，白白地喪命在這裏，正要向醜蛋求情，卻聽醜蛋說道：「婆婆施法時，是不讓外人在旁邊看的，我們走吧！」

四個男人舉著長矛走過來，朝苗君儒低吼了幾聲，示意跟著他們走。只需大叫一聲，就可達到示警的作用。但苗君儒並沒有叫喊，因為他已經看清，為首那個人腰間挎著一把指揮刀。

只有日本軍官才會挎那樣的指揮刀，原來這是一群化了裝的日軍。

太行山是抗日根據地，八路軍與當地老百姓的關係非常融洽。除了大批軍隊掃蕩外，小股日軍是不敢進入根據地的，以免被八路軍「吃」掉。

只有換上八路軍的軍裝，才可在根據地內大搖大擺的走。小鬼子這一招，確實夠精明。

苗君儒在那四個男人的監視下，跟著大家一起走下平台。另外幾個男人抬著李大虎和猴王，疾步走在最前面。李大虎和猴王躺在藤條編織成的擔架上，已經昏迷了過去。

下了平台，往前走了約莫一里地，聽到身後傳來爆豆般的槍聲。除了三八大蓋之外，還有歪把子機槍，夾雜著擲彈筒的爆炸聲。苗君儒對這些聲音很熟悉，他想著這夥日軍被一群行屍圍攻的慌亂樣子，心中不免覺得暢快。

自「九一八事變」開始，日本人在中國的土地上橫行霸道，從關外到關內，燒殺擄掠無惡不作。惡事做多了，是要遭報應的。

這是一支日軍的精幹部隊，其武器裝備和士兵的作戰力肯定也是一流的。在這些手持現代武器的軍人面前，陰陽行屍大陣還有效嗎？

苗君儒不免替那個老女人擔心起來，陰陽行屍大陣一破，老女人命將不保，或許她在用自己的命與日軍拚搏。

前行約三四里地，道路兩邊的樹叢不見了，取而代之是兩人多高的蘆葦。順著一條小道在蘆葦叢中轉了半個多小時，眼前突然一亮，看到了一個大湖泊。

這是預料之中的事情。按陰陽五行推算，北面就是黑色的水。但是湖泊裏的水並不黑，很清澈。走在湖邊的堤岸上，一眼可以看到幾米深的水底。

許多大大小小的魚，逍遙自在地在水草間游來游去，相互追逐嬉戲。牠們就像生活在谷內的人們一樣，有自己的生活方式和生活空間，一點都不受外界的影響。

堤岸的下面有兩條獨木舟，還有幾條用乾蘆葦編織成的小船。一行人並沒有下堤岸，而是繼續往前走。

走到一處山腳下，見山坡上有一個大土堆。苗君儒朝左右看了一下，眼中露出驚異之色。

土堆的正前方是一座筆架形狀的小山，從風水上解釋，是案山。在案山和土堆之間是，一塊廣闊的平地。如果土堆是一座墳墓的話，廣闊的平地就是墳墓的明堂。在土堆的兩側，各有一條延伸過來的山脈，左青龍右白虎，氣勢磅礡。更奇特的是，在青龍這邊的山腳下，正好有一條溪流，溪水由側面的山谷中流出，匯入大湖中。

湖泊對面的山峰，就像一隻巨鳥的頭，鳥頭微微回首，望向這邊，兩邊的山脈就像鳥的翅膀，特別是那鳥尾的山峰，高高翹起。

好一處鳳凰點頭的龍穴寶地，葬在那個大土堆的人，後代子孫當出天子。可是那個大土堆的旁邊孤零零的，連座墓碑都沒有，更別說石翁仲了。按理說，皇帝谷中葬著的都是皇帝，不可能連個普通人都不如的。

或許沒有人發現這處龍穴寶地，那裏僅僅是座天然的土堆而已。

容不得苗君儒多看，他就被人推著往前面走。又拐進了蘆葦蕩中，但是路面不再是沙石路，而是整塊的青石板，每塊寬約一米，長約三米，石板路一直伸向蘆葦深處。苗君儒朝兩邊看，見山崖陡峭，似乎轉入一個山谷中了。

原來皇帝谷內山谷溝壑相互交錯，谷中有谷，山勢險要。若外人冒然進入，絕無走出去的可能！

走了一會兒，蘆葦消失了，兩邊成了陡峭的岩壁，頭頂一線天。道路是從崖壁上開鑿出來的，一邊是崖壁，一邊是深不見底的山谷，最寬處不過一米，最窄的地方，不過二十公分。

腳下的石板路上長滿了青苔，又濕又滑，大家都走得很小心，稍微不注意，就有粉身碎骨之虞。

道路突然一轉，首先聽到了流水聲。抬頭一看，流水從高高的崖壁上灑落，在光線的映射下，變成一顆顆五彩斑斕的珍珠，煞是好看。崖壁上長了許多不知名的奇花異草，有的結了紅色的野果，令人垂涎欲滴。幾隻顏色炫麗的蝴蝶，在花叢中飛來飛去。

過了一線天，來到一處漏斗形的峽谷中。在峽谷的左前方，有一個石砌的圓形檯子，檯子的下面有一塊三四人高的大石碑，而檯子上則站了兩個手持長矛的男人。

空氣中有一股味道奇特的香氣，有點像新鮮的牛奶，又有點像他在法國吃過的巧克力，鼻子聞著這股味道，有種說不出的舒服。

苗君儒疑心這股味道會對自己不利，急忙用內功控制呼吸。可是這股異香瀰漫著整個小峽谷，想躲也躲不過。呼吸了一陣，他並沒有感覺身體有什麼異常。

走近了一些，他看清了石碑上陰刻著四個斗大的小篆：**不死神泉**。

終於到了傳說中的不死神泉。只是並不像老地耗子先前說的，是一個方方正正的池子。想必世人對谷內的情況知之甚少，都是以訛傳訛，傳來傳去，便與事實相去甚遠了。

如果喝了神泉中的泉水就能長生不老，那麼，谷內年紀最大的人，最少也應該有一千五百歲以上，豈不比千年殭屍還要老得多。

石台並不大，上去不了那麼多人。那些男人把猴王和李大虎放在石台下，一齊跪了下來，雙手高高舉起，仰頭朝天。

站著的人只有兩個，苗君儒和醜蛋。只見醜蛋走到石碑前，莊嚴地跪了下去，用手撫摸著馱碑的神獸贔屭那顆巨大的龍頭。

贔屭的龍頭奇蹟般的動了起來，伸出舌頭，親切地舔了舔醜蛋的手。

苗君儒怎麼都沒有想到，馱碑的贔屭居然是活的。這種遠古的神獸只存在於山海經的描述中，而現實生活中，就只有寺院和陵墓前的石刻。

贔屭的口中吐出一顆雞蛋大的珠子，那珠子圓潤且光芒四射。醜蛋起了身，手托著珠子一步步走上石台。

苗君儒疾步跟了上去，見石台中間有一塊閃著點點金光的大石頭，顏色為紅褐色，色澤溫潤古樸，居然是一塊質地上乘的金香玉。此石未經雕琢，外形像極了一個坐在荷葉上的大青蛙，在青蛙的背上，有一個圓形的凹坑。

有人將李大虎和猴王都抬了上來，放在金香玉的邊上。

醜蛋手托著珠子，一臉的虔誠與祥和，一步步朝金香玉走過去，近前後，緩緩將珠子放入青蛙背部的凹坑中。

凹坑中漸漸溢出一些乳白色的液體，空氣中的那股異香味更濃了。

兩個男人將纏在李大虎和猴王傷口上的布除去，露出傷口來。布一解開，傷口處立即流出大量的鮮血。醜蛋從凹坑中捧出一些乳白色的液體，輕輕灑在他們兩人的傷口上。

那液體一沾上血，立即起了反應，冒出許許多多的小氣泡，泡沫堆積在傷口，止住了流血。旁邊一個男人解下隨身帶的水皮囊，用水沖去那些泡沫。

苗君儒親眼見到了人世間的奇蹟，泡沫被沖乾淨後，猴王身上那處幾乎致命的刀傷，居然連疤都看不到。

一個男人用小刀配合著撬開猴王和李大虎的嘴，讓醜蛋將幾滴液體滴到他們的嘴裏。幾分鐘後，李大虎和猴王的腹中發出咕嚕咕嚕的聲音，一人一獸同時睜開了眼睛。

李大虎驚訝地看著身邊的人，過了片刻，才問苗君儒：「苗教授，我這是在哪裏？」

苗君儒說道：「一個很安全的地方，是他們用不死神泉中的水救了你！」在兩人說話的時候，醜蛋用那個水皮囊裝了一些神泉水，從凹坑中取出了珠子。珠子一取出，凹坑中的乳白色神泉水立即消失不見了。

醜蛋托著那珠子下了石台，猴王一個跟斗翻起身，親熱地跟在她的身後。

苗君儒問道：「大當家的，是誰朝你開的槍？」

李大虎起身恨恨地罵道：「我看在蕭司令的面子上，一直沒有朝他下手，想不到這小子倒先朝我下手了。」

聽完李大虎的話，苗君儒才明白當時的情形。原來就在他下到深溝內之後，虎子一看藤索不夠長，要老地耗子和李大虎去樹林中尋找藤條。老地耗子經過崔得金身邊時，突然撲上前，去搶崔得金手裏的槍。崔得金早有防備，避開老地耗子，一把抓住站在一旁的齊桂枝當擋箭牌。李大虎本能地抬起槍口，哪知崔得金搶先一步開槍了。李大虎中槍倒在地上的時候，手裏的槍卻被虎子搶走。昏迷之前，他看到他們四個人都往石牌坊的方向去了。

苗君儒沒有說話，依當時的情形，就算崔得金朝李大虎開槍，虎子沒有理由不顧深溝下面的苗君儒。最起碼，他應該以最快的速度，將藤索纏在樹幹上，才決定下一步怎麼做。

從離開石牌坊開始，老地耗子有很多次機會撲向崔得金去搶槍，他遲遲不幹，晚不幹，為什麼偏偏在苗君儒身處最危險的時候，做出那樣的舉動呢？

老地耗子和崔得金的關係一直很微妙，這樣的舉動似乎是一次預謀。可是，預謀的目的在哪裏呢？

崔得金用齊桂枝當擋箭牌，首先向具有威脅的李大虎開槍。按正常情況，開了第一槍之後，會繼續向威脅他的人開槍。

可是自始自終，苗君儒只聽到一聲槍響。

難道槍裏只有一顆子彈？

不可能的！

逃離千屍屋的時候，他親眼見到崔得金朝槍裏壓滿了子彈。

如果齊桂枝是日本女間諜，配合崔得金演好這齣戲，三個人一齊去迎接跟在後面的日軍部隊。可是虎子呢？他沒有理由拋下苗君儒於不顧，跟著他們三個人一齊走。

除非崔得金覺得虎子還有利用價值，脅迫虎子跟著他們走。

假使他們四個人接到了日軍，那麼，日軍就絕對不會冒冒失失地來到千屍屋，陷入陰陽行屍大陣。

他看到的那隊日軍裏面，並沒有崔得金他們四個人的身影，難道他們沒有接到日軍，而是從別的路走了？

李大虎所說的話裏似乎有一些漏洞，究竟是哪裏不對，苗君儒也想不明白。

兩人走下石台，見醜蛋站在贔屭的旁邊，手上已經沒有了珠子，想必已經還給了贔屭。

苗君儒走近前，驚訝地看到不久前還是活生生的遠古神獸，此時居然是石頭刻成的。贔屭的龍頭高高揚起，嘴巴微微張開著，眼睛瞇成一條縫，就像一隻很討人喜歡的大烏龜。猴王站在醜蛋的身後，像一個忠實的僕人。

醜蛋轉過身，面無表情地望著苗君儒，問道：「你打算什麼時候離開？」

苗君儒說道：「本來我想解決完個人的恩怨再走，現在我改變主意了，皇帝谷裏的一切，是屬於你們的，絕對不能讓外人搶走！」

醜蛋的眼中閃過一抹光彩，說道：「我知道你是個好人！放心吧，他們搶不走的！你的好意我心領了，這裏有一點神水，你帶出去，幫助那些需要幫助的人。如果僅僅用來療傷，可用女人的奶水攙和後使用。」

苗君儒接過水皮囊繫在腰間，微笑道：「如果我把這裏面的全部喝下去，是不是可以像你一樣長生不老？」

醜蛋的臉色微微一變：「你怎麼知道？」

她轉身走向石碑的後面，苗君儒隨之跟過去。在石碑後面低聲說話，不用擔心被別人聽到。

醜蛋望著對面的山崖，說道：「只要把一滴神水混在一大碗馬尿裏，就能變成毒藥，讓人喝下去，六個時辰後，那個人就會迷失本性，嚴重的會毒發身亡。」

苗君儒想起以前那些在抬棺村的八路軍工作隊，或許他們就是在不經意間，喝下了這種水，才會有的喪命，有的瘋掉。他低聲說道：「其實在抬棺村的時候，我就已經覺察出來，你和一般的山裏小孩不同，你的眼神告訴我，你是一個深諳世事的人。你和我說過的那些話，其實都是在試探我，對不對？」

醜蛋說道：「你被我們的人發現暈倒在谷口，當時我們懷疑你不止一個人，我以為你和那些人一樣，都是衝著皇帝谷來的，後來才知道你是陰差陽錯走到那裏去的。我在和你談話的時候，知道你心裏在想什麼，你和其他的人果然不一樣。我改變對你的看法，是在你救了守根之後。一個不顧一切去救別人的人，一定是好人。」

苗君儒問道：「我現在還不知道，守根到底犯了什麼錯，村裏的人眼睜睜地看著他死，他身上的傷痕，明明是刀傷，為什麼要騙人說是野獸傷的呢？」

醜蛋問道：「你真想知道？」

苗君儒點了點頭，但卻說道：「如果你覺得不方便的話，那就算了！」

儘管他想解開心中的疑惑，可涉及抬棺村秘密的事，他認為還是少知道為好。很多少數民族部落都有自己的禁忌，一旦觸犯禁忌，後果是很嚴重的。

「我相信你，告訴你也無妨！」醜蛋說道：「守根他……進了皇帝谷！」

前面的一句話說得很流利，而後面的一句話，中間卻停頓了一下，很顯然，她把真相告訴苗君儒，似乎還有些顧忌。

苗君儒說道：「難道谷內和谷外的人不來往的麼？」

醜蛋說道：「只有我才有資格進入皇帝谷！」

苗君儒問道：「你們有沒有想過，守根為什麼進谷，他又是從哪裏進去的呢？」

醜蛋說道：「守根被姓崔的收買了，他跟蹤我，要不是他跑得快，已經被谷裏的人殺死了！」

苗君儒明白過來，八路軍的工作隊一直想與村民拉好關係，得到皇帝谷內的秘密，可是連續幾年都沒有達到目的。崔得金又是如何收買守根為他辦事的呢？醜蛋每次進皇帝谷，走的都是一條捷徑，守根跟蹤醜蛋，肯定知道了那條捷徑所在。只可惜他還沒來得及把得到的情報交給崔得金，就差點沒了命。他想起守根在他的手心畫的那個圖案，一撇一捺，下面是個圓圈，實在不知道什麼意思。

他說道：「守根是何時被崔得金收買的，他為什麼到現在才跟蹤你呢？」

醜蛋說道：「他是何時被崔幹事收買的，我不清楚。我一年難得進谷幾次，每次都很注意，之前我看到他跟蹤我，但只跟我走到半路，就去別的地方了，因為他是自己人，我就沒有懷疑他，以為他是上山打柴，後來才發覺不對！」

苗君儒問道：「就算我當時救活了他，你們也不會讓他活的，是不是？」

醜蛋點了點頭。

苗君儒問道：「千百年來，走進皇帝谷的外人，真的沒有人能活著出去？」

醜蛋肯定地說道：「真的沒有，但也許你是第一個！」

苗君儒說道：「你叫我不要去石塔那邊，可我還是去了，我在大石塔下面的一個地方，見到幾具屍體，從現場的痕跡看，有一個人從那裏出來了，那個人也許是你們村參加了八路的守金，也許是別人！」

醜蛋說道：「皇帝谷的秘密保守了千百年，外面的人雖然知道有這麼一個神秘的地方，可沒有人知道在什麼地方，太行山那麼大，有的人找了一輩子，都找不到，只有通曉風水的高人，才能根據山川的走向找得到那裏。幾年前，守金守銀兄弟倆和老蠢鬧了起來，兩人一氣之下離開了村子。那一次，守金帶回來一個受重傷的人，求我們救他。我一時心軟，就救了他，沒想到卻惹來了麻煩。後來我們才知道，被救的那個人是個大官，就是救了你的那個蕭司令。沒多久，就有人進了我們村子。我們知道他們的來意，是衝著神水來的。祖上傳下來的規矩，村子裏沒有人敢違反。所以他們什麼都沒撈到，直到來了這個姓崔的。」

醜蛋停頓了一下，繼續說道：「姓崔的和以前來的那些人不一樣，他懂風水，一天到晚拿著羅盤在山上轉，後來被他發現了收魂亭，還被他套出老半仙有一本書的事。那次鬼子來掃蕩，我聽人說，當時大家都急著往山上走，只有崔幹事和老半仙在後邊，大家走到半山腰的時候，見老半仙急沖沖地往回走，想不到就遭了毒手！」

苗君儒問道：「當時你在哪裏？」

醜蛋說道：「有外人進谷了，我必須進來！」

苗君儒說道：「你跟我說過，老半仙是為了一本書，才把命給丟掉的，那本書是不是《太平要術》？」

醜蛋微微一愣，問道：「你是怎麼知道的？」

苗君儒說道：「別忘了我是考古專家！」

他不願說出何大瞎子對他說的那些話。見醜蛋沒有否認，說明他猜對了。

「我知道是誰告訴你的！」醜蛋有些傷感地說道：「可惜現在那本書已經被

人搶走了！」

苗君儒明白醜蛋有特異功能，只要站在身邊，別人的心裏想什麼，馬上就知道。他說道：「搶走那本書的人，無非是想知道皇帝谷的下落，他……」

他的話還沒有說完，醜蛋就說道：「我知道，這個日本人也是非常厲害的角色，要不然，你的老師就不會那麼對你說！」

正說著，谷口那邊飛一樣地跑來一個男人。男人手裏拿著那老女人的羊頭拐杖，衝到醜蛋面前哭道：「啟稟公主，婆婆她死了，外族人已經快到湖邊了！」

苗君儒大驚，雖然他懷疑醜蛋的真實身分，可怎麼都沒有想到，醜蛋居然是公主，卻不知是哪一朝的公主。

老女人的陰陽行屍大陣，可以困住一般的人，但在擁有現代強悍武器的日軍面前，估計沒有什麼作用，結果也是在預料之中。更何況，還有一個精通玄學的高手——藤野一郎。

醜蛋的臉色大變，眼中閃現淚光，說道：「立刻派人通知外面的人，火速進谷支援！傳令下去，所有族人死守各路隘口，與外族人決一死戰！」

苗君儒聽醜蛋那麼安排，方知她雖然活了那麼多歲，可一直生活在封閉中，思維受到限制。在冷兵器時代，不管外面來多少人，有那老女人的陰陽行屍大陣，加上谷內天險與重重機關，便可應付自如。這麼多年來，不斷進谷的人，已經破去了谷內不少機關。這夥日軍不但擁有殺傷力超強的現代武器，而且熟悉谷內的情況，是有備而來的。醜蛋得知對手的強大後，頓時嚇得六神無主，慌忙之下發佈了那樣的命令。

如果按醜蛋的防禦策略，即便派人死守在各路隘口，可對方只需發射幾顆炮彈，就能輕易攻破。

當那個男人得令轉身的時候，苗君儒突然說道：「且慢！」

醜蛋已經讀懂了苗君儒的心思，說道：「我確實想不到用什麼辦法對付他們，你能幫我嗎？」

苗君儒點了點頭，說道：「你們有沒有想過，如果村子裏還有一個像守根那樣被別人收買了的人，豈不是讓外人知道了你進出的那條通道，如果有另外一股外族人跟著他們進來，你怎麼辦？」

醜蛋有些不好意思地說道：「我還真沒想到這一點！」

苗君儒問道：「一年前進來的那夥外族人，最遠處到了哪裏？」

醜蛋說道：「就是你們被婆婆困住的千屍屋！」

他們兩個人從石碑的後面轉出來，苗君儒大聲說道：「那些外族人是跟著記號進來的，過了千屍屋，他們就沒有記號了。湖邊蘆葦蕩裏面岔路很多，足夠他們摸索一陣子的。我們先不要動，只需派人多設機關陷阱，暗中觀察他們就行。八路軍有一套專門對付日本人的法子，叫遊擊戰。就是不跟他們硬碰硬，而是想盡一切辦法迷惑他們，騷擾他們，到了晚上，再尋機下手！當務之急，還需儘快找到和我一起進來的那四個人。也許他們，才是我們最大的威脅！」

他看了一眼醜蛋身邊的猴王，繼續說道：「也許牠們能夠派上用場！」

從來沒有指揮過作戰的苗君儒，此時表現出與眾不同的軍事才能來，醜蛋按他的意思，將谷內所有的人重新做了安排。

苗君儒轉身的時候，眼角的餘光感覺到李大虎的眼中有一抹怨毒之色，心中微微一驚。暗道：他憑什麼恨我？

第八章

神秘墓葬

苗君儒懷疑這個大土堆是墓葬的堆土。
在大土坡的後面，有一個兩米多高的墓碑，
墓碑上居然沒有任何文字。
奇怪！墓碑應該在墳墓的正面，怎麼豎到背後了呢？
這是什麼葬法？

皇帝谷內的地形怎麼樣，苗君儒並不清楚，但是他經過的那些地方，有好幾處還是很險要的。

面對強悍的日軍，絕對不能魯莽從事，而要動心思揚長避短，動用谷內一切可利用的條件，才能出奇制勝。不管怎麼說，從外面進來的人，對谷內地形的熟悉程度，是無法與谷內生活的人相比的。

八路軍與強大的日軍作戰，雖武器裝備低劣，就是因為與當地老百姓魚水相融，仰仗地利與人和之勢，才不至於被「消滅」。

當猴王跟隨那些男人離開之後，石碑前就剩下苗君儒和醜蛋，以及李大虎三個人了。

李大虎眼中的那抹怨毒之色已經消失，取而代之的是對苗君儒的敬服。

苗君儒望著醜蛋，笑道：「以後我該稱呼你什麼，是醜蛋還是公主？」

醜蛋微笑著，恢復了原先的天真無邪，笑道：「你愛怎麼叫就怎麼叫，無所謂！」

李大虎問道：「我們現在去哪裏？」

醜蛋說道：「你不是想得到谷內的黃金嗎？我就帶你們去看！不過，在看黃金之前，我還要去救一個人。」她望著苗君儒，繼續說道：「是我讓她去救你的，沒想到卻觸犯了谷內族規，正午時分，就要嫁給天神！」

苗君儒想起了救他的守金花，他答應過她，如果她真的要被嫁給天神，他會殺了天神。男子漢大丈夫一諾千金，不能言而無信。

醜蛋說道：「我替她謝謝你的好心，你雖然厲害，可天神是很難殺死的，比猴王厲害多了，我不希望你白白去送死！」

苗君儒記起他和崔得金在收魂亭那晚，看到的那股沖天妖氣，進谷之後，他並沒有見到什麼厲害的妖物。莫非那股妖氣就是醜蛋所說的天神？何大瞎子替他摸了骨，說他不會死在這裏。不管何大瞎子摸骨準不準，他都想見識一下，天神到底是何方神聖。

醜蛋接著說道：「按照諸葛老先生當年與天神的協議，每到地牛翻身之時，我們就要給天神獻上一個新娘……」

苗君儒打斷了醜蛋的話，問道：「諸葛老先生？難道這事連他都牽扯進來了？」

醜蛋笑道：「我說的諸葛老先生，不是你想的那個啦！」

苗君儒說道：「西漢元帝時期有一個叫諸葛豐的司隸校尉，自幼聰慧，讀經閱史，以剛直之著稱於世。到了三國時期，他的了孫勢力遍佈魏蜀吳三國，官職最大有四人，分別是蜀國的諸葛亮，官至丞相；吳國的諸葛瑾諸葛恪父子；官至大將軍，魏國的諸葛誕，官至征東大將軍。無論是哪一國的諸葛族人，可惜大多不得善終。對玄學深有研究的人，當屬蜀國丞相諸葛亮。」

醜蛋笑道：「苗教授，你僅僅是從書上知道這些的。一個真正看破天機的人，怎麼會剛愎自用，使蜀國無棟樑之人？怎麼會用人不察，導致街亭失敗，又怎麼會六出祁山無功而返，最後還輸在司馬懿手裏呢？最可惜的是，他連人家偷襲都算不到，使自己的兒孫戰死綿竹？」

面對醜蛋一連串的提問，苗君儒無言以對。是的，一個洞曉天機的玄學高手，是不會犯那麼多致命錯誤的。所以真相只有一個，那就是後人對諸葛亮的描述，言過其實。真正的諸葛亮，或許只是一個略通陰陽玄學，能說會道，且懂點軍事戰略的人而已。

苗君儒問道：「既然不是諸葛亮，那你說，諸葛老先生到底是誰？」

醜蛋笑道：「到了那裏，你就知道了！」

苗君儒當然想知道那位神秘的諸葛老先生究竟是何方神聖，醜蛋不願意現在說出來，就是想賣個關子。

醜蛋抬頭看了看天色，接著說道：「走！現在過去還來得及！」

他們三人照著來路往回走，剛到谷口時，就聽到持續不斷的槍聲，遠處的蘆葦蕩裏冒出沖天的火光，大片的蘆葦被火點著，火勢借助風勢，劈天蓋地而來。

苗君儒吃驚不小，原以為這一大片蘆葦蕩，可擋住那夥日軍幾個時辰，熬到天黑。看樣子，不消兩個時辰，整片蘆葦蕩就會變為一大片湖邊的空曠地，周邊的景物全都在眼皮底下。

十幾個男人從蘆葦中竄出來，一個個狼狽不堪，面帶煙火之色，為首一個連頭髮都燒掉了一大半，露著帶血泡的頭皮。他們跪在醜蛋的面前，問道：「公主，該怎麼辦？」

蘆葦燒光後，日軍肯定會發現這處谷口，前往不死神泉的道路雖然險要，但無法抵擋得住日軍的進攻。

醜蛋的神色冷峻，面露悲戚之色，說道：「所有人退進谷內，若戰至最後一人，無論如何都要將神泉毀掉，絕對不能落入外人之手！」

苗君儒正要說話，卻見蘆葦中跳出十幾個黑影，那些黑影的來速極快，十幾個男人還未來得及反應，就見刀光閃閃，鮮血噴濺之時，屍體已經倒地！

苗君儒看清站在面前的那十幾個黑影，居然是身穿和服的日本忍者。

日本忍者已經出現了，藤野一郎一定在附近。

苗君儒的眼睛望著日本忍者身後的蘆葦蕩，想看看藤野一郎究竟是一個什麼樣的人，卻聽到身後的醜蛋問道：「你為什麼要那麼做？」

他扭頭一看，見醜蛋望著李大虎。

李大虎發出一陣得意的笑聲，說道：「不死神泉已在我的控制之下，還剩下黃金和霸王之鼎！公主，你是聰明人，知道該怎麼做的！我只要得到這些東西，絕不傷害你們谷內人的性命！」

苗君儒大驚失色，他怎麼都想不到，李大虎居然就是藤野一郎。

藤野一郎朝苗君儒笑了一下，說道：「苗教授，是不是覺得很意外？」

苗君儒說道：「是很意外，我懷疑齊桂枝是日本女間諜，懷疑崔得金投靠日本人當了漢奸，卻沒有想過，你李大當家的居然就是藤野一郎！早知這樣，真不應該浪費神水救你！」

藤野一郎笑道：「我的苦肉計，是跟你們中國人學的。否則怎麼能得到你們的信任？」

苗君儒回想起與藤野一郎見面的每一個細節，若仔細一想，確實有很多值得懷疑的地方。從一開始綁架醜蛋，藤野一郎就是針對抬棺村去的。在山洞裏時，若沒有沿途留下痕跡，莽莽大山，日軍怎麼可能那麼準確搜得到山洞？有關李大虎的故事，他也是聽老地耗子說的。老地耗子似乎很害怕李大虎，但有些時候卻又表現出有二心的樣子。

苗君儒說道：「如果你手下的那批人都是你們日本人，但有一個人至少不是，告訴我，老地耗子為什麼會幫你？」

藤野一郎笑道：「邯鄲城博雅軒的孫老闆，是我的朋友，他是個生意人，只要我出得起價錢，他什麼都能賣給我！我們在他的幫助下，找到了老地耗子。要想別人替你賣命，最好的辦法就是最高的賞賜。我答應老地耗子，事成之後，滿足他的願望。」

苗君儒問道：「他的願望是什麼？」

藤野一郎說道：「長生不死！」

苗君儒說道：「我明白了，老地耗子一直想見識不死神泉，他知道憑他自己的本事，即使進谷，也沒命走出去，所以他答應和你合作，先出賣了李大虎，讓你扮成他，而後接近抬棺村，一步步的實施你們的計畫。」

藤野一郎說道：「李大虎那股土匪，和你們八路軍的關係不錯，所以我扮成李大虎，在八路軍的根據地內，可以暢通無阻。我原想和八路軍的遊擊隊一起進谷，沒有想到的是，卻把你給捲進來了。我很想知道，堂堂的中國一流考古學教授，究竟有多麼厲害！」

苗君儒說道：「所以你一直扮演著李大虎這個角色，連我都被你騙了。」

藤野一郎說道：「請把你腰上的神水交給我！」

一個忍者朝苗君儒走過來的時候，他耳中聽到一陣羽箭破空之聲。抬頭一看，空中出現一大片黑點。

醜蛋大叫道：「快跑！」

苗君儒趁那個忍者發愣的當頭，飛速抓住對方持刀的右手，將對方的身體朝李大虎甩了過去。返身抓住醜蛋，向山坡上跑去。

身後傳來一兩聲慘叫，以及藤野一郎氣急敗壞的吼道：「追！」

跑上山坡後，見前面除了那個大土坡外，居然沒路了，身後的那十幾個忍者，距離他們還不到二十米。

「跟我來！」醜蛋說道。拉著苗君儒轉到大土坡的後面。

苗君儒第一次看到這個大土堆時，就懷疑是墓葬的堆土，只因為土堆前沒有帝王墓葬應有的石翁仲和陵碑，才使他認為這個土堆不是墓葬。

在大土坡的後面，有一個兩米多高的墓碑，墓碑上居然沒有任何文字。奇怪！墓碑應該在墳墓的正面，怎麼豎到背後了呢？這是什麼葬法？

醜蛋的手在土堆上摸了幾下，只見那石碑在轟隆聲中移到一邊，露出碑座底下一個黑乎乎的洞口來。

時間緊迫，根本容不得他多想。隨著醜蛋跳到洞裏之後，石碑在他們的頭頂合上了，依稀之間，似乎還聽到外面忍者急促的腳步聲。

若是再慢半分鐘，就被忍者追上了。

石碑合上後，頓時伸手不見五指，苗君儒聽到醜蛋說道：「若不是情況緊急，我是不會帶你到這裏的。」

過了片刻，眼前一亮，苗君儒看清置身於一個地下通道中，通道的兩邊都是平整的岩壁，亮光正是從岩壁的孔洞中透出來的，每隔四五米遠，便有一個發出亮光的孔洞。柔和的亮光照著腳下的台階。

醜蛋已經往下走了好幾步，扭頭道：「苗教授，你怎麼了？」

苗君儒問道：「你對這裏的所有一切都很熟悉，是不是？」

醜蛋有些生氣地說道：「苗教授，你哪來那麼多問題？你不願意跟我走，就回到上面去！記著，每隔四步就換一個方位走！」

苗君儒這才發覺醜蛋往下走的時候，忽左忽右，原來是避開腳下的機關。他跟著醜蛋往下走了一兩百級台階後，繞過一個拱門進入一個很大的空間。

苗君儒進去過很多古代帝王的地宮，卻從來沒有見過這麼大和這麼奢華的。他怎麼都沒有想到，這個外表並不起眼的大土堆下面，居然會有一座這麼奢華的墓葬。

從建築的格式上看，根本看不出這是墓葬的地宮，而是一座漢代的內廷宮殿，其規模比北大的禮堂還要大兩三倍。

整座宮殿金碧輝煌，無論是柱子還是台階，無不金光閃閃，在光線的映照下熠熠生輝，刺得人眼發花。

苗君儒微微一愣，難道整座宮殿，都是用黃金打造成的？這麼大的宮殿，該用多少黃金呢？不單是宮殿，就是連腳下踩著的，都是三尺見方的大金塊。

在宮殿的台階下面，還堆著一堆一人多高的黃金珠寶玉器，只消遠遠地看上一眼，他就能斷定那些都是漢代宮廷器物。那麼多古董，隨便拿一件出去，都能賣個大價錢。

從他站立的地方到達宮殿的正門，大約有二十多米遠，兩邊各有一排與真馬大小的玉馬，其造型各異，有的奮首揚蹄，有的翹首長嘶，每一匹的神態和氣勢神駿氣昂，非能工巧匠，雕琢不出馬的神韻來。

側面有一塊兩人多高的玉碑，上面的陰刻隸書，居然就是曹操的那首樂府詩《龜雖壽》。

難道這裏就是曹操的地下寢陵，只可惜無法走入大殿，否則，他倒想打開棺槨，看一看那位一千多年前的絕世梟雄，究竟長得什麼樣子。

不虧是一代梟雄，一面向世人宣揚儉葬，一面秘密安排自己的後事，蒐集人間奇珍異寶修建這座地宮。後世人都以為曹操的真墓在鄴城一帶，誰知道卻在這裏。七十二疑塚任憑別人怎麼去挖，都不關他的事。

漢代的黃金之多，超乎後人的想像，即便曹操用黃金在地下建了這座宮殿，也還綽綽有餘，剩下的黃金去了哪裏呢？

醜蛋冷冷地說道：「看夠了沒有？」

苗君儒用手拍了拍一匹玉馬，微微笑了一下，跟著醜蛋繼續往側面的通道走去。這一走，居然走了半個多時辰，在通道內拐來拐去，不知道拐了多少個彎，才踏上往上去的台階。

他粗略估計了一下，在地下走了約五六里地。這麼巨大的地下工程，不知要動用多少人力物力。

古代帝王為了防止皇陵的機關秘密外泄，一般都會將工匠和守陵士兵全部誅殺。以曹丕的性格，絕對不可能讓修築王陵的人活著。如此一來，谷內活著的那些人，是什麼人的後代？

當年朱元璋派來的人在裏面修築大明皇陵，是否也與谷內的人發生了衝突？除了曹操墓和大明皇陵，山谷裏面還有哪位皇帝的陵寢？

兩人走到一堵石壁面前，醜蛋在石壁的旁邊摸了一下，一聲巨響，石壁緩緩移開，露出一扇石門來。

石門一開，光線從外面射進來，苗君儒情不自禁地瞇起了眼睛。走到門口，感覺一陣熱浪撲面而來，鼻子聞到一股很濃的腥臭味，他還沒有來得及看清外面的情形，就聽到有個蒼老的聲音傳來：「下臣見過公主！」

石門在苗君儒的身後悄無聲息的關上，與岩壁合為一體，若不是剛才從裏面出來，他還不相信這裏面會是一條通道。

一個白髮白鬚，拄著拐杖的老頭子，單膝跪在醜蛋的面前。醜蛋的手微微一抬，老頭子便起了身。

苗君儒往前走了幾步，發覺自己置身於一個岩石洞窟之中，石窟兩側均是一兩丈高的佛像，有五六十尊之多，最大的一尊釋迦牟尼佛，身高超過三丈。與雲岡石窟中的佛像一樣，這些佛像也是在岩壁上雕刻出來的，其工藝古樸而粗獷，線條唯美，有漢末之風。只可惜雕刻手法過於簡單，每一尊佛像都尚未完工。

石窟的左側是一條崎嶇的山路，右側是一條看不見底的深溝。外面的岩壁上古藤纏繞，一些古藤從石窟的頂上垂下來，遮住了石窟內的佛像，若站在遠處，是絕對看不到這處古代石窟奇觀的。

在釋迦牟尼佛的下面，有一個兩米多高的洞口，洞口的岩石呈暗紅色，熱氣和腥臭味正是從洞裏飄出來的。一股渾濁的氣體沿著洞口的石壁往上升去，使苗君儒想起了在收魂亭那晚看到的那股妖氣，當下暗暗吃驚。旺盛的妖氣足以證明，妖物至少修煉了千年以上，對付千年老妖，他可沒有多少把握。

洞口齊聚了一些人，從裝扮上看，都是一些女人，有老有少，甚至還有抱在懷裏吃奶的。

在洞口的邊上，有一張半人高的供桌，供桌上有一個牌位，擺著三牲祭品，香爐裏插著三支大香。

幾個精壯的女人抓著一個年輕的女人，站在離洞口最近的地方。苗君儒看清了那個年輕女人的臉，正是之前救過他的守金花。

守金花的身上穿著一襲色彩華麗的漢代宮廷長衣，頭上戴著一個用鮮花編織成的花冠。她望著苗君儒，眼中充滿了感激和驚奇。

醜蛋望著守金花，眼中有一絲愧疚，微微張了張口，卻沒有說話。

老頭子看了看天色，說道：「公主，已經正午了，天神發怒，後果不堪設想，請公主三思！」

苗君儒望著那個老頭，問道：「每六十年一次地牛翻身，你們都要送一個漂亮的女人進去，這麼多年來，你們究竟送了多少個？」

老頭子的眼中射出一道精光，神色不怒自威，望著醜蛋問道：「你為什麼帶外人來這裏？」

醜蛋緩緩說道：「還記得諸葛老先生留下的那四句偈語嗎？」

老頭子的目光轉向苗君儒，一字一句地問道：「你叫什麼名字？」

苗君儒說道：「苗君儒！」

老頭子的臉色大變，張了張口，卻沒說出話來！

醜蛋的眼中出現淚光，神態顯得悲傷而激動，說道：「每六十年就是一個，我有多少好姐妹被送進去做了那個畜生的新娘？」

老頭子厲聲道：「你敢違抗先帝的旨意？」

醜蛋抹了一把眼淚，說道：「我是公主，有何不可？」

老頭子發出一陣大笑：「很好，很好！不知諸葛老先生天上有知，聽到你說出這樣的話，會不會降罪於你？」

醜蛋對他說過，要想知道諸葛老先生到底是誰，到了這裏就明白了，可他都已經來了那麼久了，還未見到那個神秘的諸葛老先生。他開始還以為這個老頭子就是諸葛老先生，現在聽對方這麼說，諸葛老先生一定已經死了。

醜蛋說到：「苗教授，你不是想知道諸葛老先生是誰嗎？看看供桌上的牌位就知道了！」

苗君儒走到供桌前，見到那塊兩尺多高的白玉牌位，上面用隸書寫著：大漢聖母仙師乘煙葛女之位。

他以為諸葛老先生是個男人，原來是個女人。他怔怔地看著牌位，想起了一個人來，那就是諸葛亮的女兒——諸葛果。

據《歷代神仙通鑒》中記載：……孔明深慨，呼三子一女出拜，（諸葛）均曰：「三兄分仕三國，吾宗當興。」孔明蹙額曰：「安不忘危，《易》之知幾呼，聞（諸葛）恪佺剛躁，非保家子弟；（諸葛）誕固執寡謀，亦非令終者，我受付託之重，以身許國。此女愛未字人，常教以禳鬥之法。彼即奉事不懈，後必證仙果，故名曰『（諸葛）果』。」

這就是諸葛果名字的由來，相傳在鄧艾破蜀後，諸葛果逃到西南的乘煙祠（後改為朝真觀）躲避戰亂，最終在觀中修成仙道，羽化升天。

有一次苗君儒經由成都往甘肅考古時，路過那個道觀，還見到了諸葛果的泥塑真身，牌位上寫著：聖母先師乘煙葛女之位。

與朝真觀中的牌位不同的是，這個牌位上多了大漢兩個字。

諸葛亮一生輔佐劉備父子，因劉備是大漢宗室，所以蜀國也稱為蜀漢，諸葛亮的兒女，自然也稱為大漢子民。

不但是古代，就是現在，很多文藝女性，也被人稱為先生的呢！

諸葛老先生，未必就是男人。

令苗君儒想不通的是，諸葛果既然是在成都修煉成仙的，怎麼會跑到這裏來了呢？

再者，蜀漢是被魏國所滅，諸葛果的兄長和侄兒，均死於曹魏之手，身為大漢子民的諸葛果，又怎麼會幫助不共戴天的仇人呢？

不知何時，苗君儒的身後多了幾個男人，其中一個男人的手上，拿著他那把青釭劍。

老頭子對醜蛋說道：「你真的相信他能夠殺得了天神，破解那個千年詛咒？」

醜蛋說道：「沒有試過，怎麼知道不行？來人，把劍還給他！」

持劍的男人走上前，將青釭劍遞給苗君儒。苗君儒接過寶劍，輕鬆地挽了一個劍花。

醜蛋走到苗君儒身邊，低聲說道：「對不起，苗教授！」

苗君儒微笑道：「你並沒有對不起我，我答應過她，如果她真的要嫁給天神，我會幫她殺了天神的。」

說完，他環視了大家一眼，朝那個洞口走去。在經過守金花身邊時，被守金花扯住，他問道：「你幹什麼？」

守金花的臉上泛出一抹紅暈，低聲道：「我要跟你一起去！」

苗君儒說道：「我是一個凡人，怎麼能夠殺得了天神？此番進去，只怕九死一生。」

守金花眉目含情地望著苗君儒，說道：「你是個好男人，我就是死，也要和你死在一起！」

苗君儒正要說話，卻聽到一個撕心裂肺的聲音從遠處傳來：「不要！」

他抬頭望去，見一個懷抱著嬰兒的女人，正跌跌撞撞地跑過來。兩個男人衝上前，將那個女人死死拖住。

女人懷中的嬰兒發出「哇哇」的啼哭，哭聲洪亮。

守金花不顧一切地衝過去，摟住那個女人，哭道：「姐，你來做什麼？」

女人哭道：「妹妹，我不能讓你替我去！」

老頭子走過去，大聲呵斥道：「成為天神的新娘，你應該感到很榮幸，這是上天給你榮耀，可是你居然違抗族規，不但幫著外人逃脫，而且與外人生下這個孽種。來人，殺死她和這個孽種！」

守金花轉身朝老頭子跪下，哭道：「大人，你答應過我，只要我願意替我姐當新娘，你會既往不咎的！」

老頭子厲聲道：「我是答應對你姐既往不咎，可也告訴過她，不要再讓我見到……」

「夠了！」醜蛋大聲道：「守春花違反族規，其妹已代其受過。一個弱女子，不能與親人一起，孤零零的在谷內生活了一年多，其艱難已遠勝於所受的處罰。不管怎麼說，孩子是無辜的！」

苗君儒聽了這些話，似乎明白了什麼。一年前，守金花的姐姐守春花幫助外人逃走，並和外人有了肌膚之親，他們所說的外人，就是從石棺那裏逃走的那個人。守春花是谷內的人，應該知道那條出入皇帝谷的捷徑，她帶那個外人出去後，那個外人肯定知道了捷徑怎麼走，為什麼這一年多來，那個外人並沒有再次帶人進谷呢？

那個神秘人，究竟是誰呢？

老頭子揮了一下手，立即有兩個男人，將守春花與懷中的嬰兒強行分開。

「孩子，還我的孩子！」守春花哭喊著要撲上前搶奪孩子，但被另兩個男人死死拉住。她和嬰兒的哭聲連成一片，扯心揪肺地催人淚下。

苗君儒衝上前，兩下將奪走孩子的男人踢翻在地，伸手抱過孩子。只見這孩子濃眉闊嘴，脖子上那件用絲線繫著的東西，居然是一顆黃澄澄的子彈，當下心念一動，轉身對醜蛋與老頭子說道：

「對你們而言，我也是一個外人，今天，我就以一個外人的身分，說一句公道話。不錯，守春花是犯了你們的族規，該怎麼處置她，是你們的事情，我一個外人沒有替她說情的權力。但是你們想過沒有，我手中這個嗷嗷待哺的孩子，究竟錯在哪裏，才剛剛來到世上，就要面臨喪母之痛。一個剛剛生下孩子的母親，還未盡到人母之責，就要被強行施以酷刑，使母子陰陽相隔，如果換作是你們，你們願意嗎？」

他這番話，說得情真意切，句句在理，那些懷中抱著小孩的女人，忍不住淚流滿面。那緊緊抓著守春花的兩個男人，也羞愧地放開了她，低頭走到一邊。

老頭子面如冰霜，厲聲道：「按你的意思，我就這樣輕易放過她，不按族規處置，以後怎麼服眾？」

苗君儒將手中的嬰兒交到守春花的手裏，說道：「自古以來，所有的律法與族規，都是人定的。法理之外還有人情。若要服眾，應為理而非法。昔日漢文帝感於緹縈之孝，法外開恩，赦免了其父的罪過，傳下了緹縈救父的孝女故事。魏武帝曹操為一代梟雄，雖有『寧教我負天下人，休叫天下人負我』之豪言，但也知體恤百姓，留下『割髮代首』的千古佳話。難道你們就不能看在孩子的面子上，給他母親一個將功贖罪的機會嗎？」

老頭子問道：「她怎麼將功贖罪？」

苗君儒說道：「其實她已經將功贖罪了！」

老頭子問道：「你怎麼知道？」

苗君儒說道：「你們想過沒有，如果她救出去的那個男人再帶人進來，是從谷口進來呢？還是走另外一條近路？」

老頭子的臉色一變，沒有說話。

苗君儒繼續說道：「所以，那個男人一定答應過她，不把谷內的秘密洩露出去，這一年多來，他並沒有再帶人進來！」

守春花感激地望著苗君儒，淚流滿面地點頭：「他發過誓，永遠不會再進谷，也不會把谷內的秘密說出去的！」

苗君儒望著守春花說道：「在大明皇陵那裏，和我一起進來的人，說是看到一個女人把孩子放在鎮陵將軍的背後，我以為他們看花了眼。現在才知道，原來那個人是你，告訴我，你為什麼要那麼做？」

守春花哽咽著，說不出話來。

苗君儒低聲說道：「你以為他在我們當中，想把孩子還給他，是不是？」

守春花點了點頭。

苗君儒繼續說道：「可是你又發現，原來他並不在我們當中，所以又把孩子抱走了！孩子脖子上掛的那顆子彈，是他留給你的？」

守春花摟緊孩子，低著頭不吭聲。

苗君儒顧自笑了一下，說道：「我猜到他是誰了。」

醜蛋問道：「那個人是誰？」

苗君儒望著身後的洞口，說道：「等我出來之後，自然會告訴你！如果我沒有猜錯的話，他已經違背了他的誓言！」

守春花驚訝地問道：「你見過他了？」

苗君儒說道：「沒有，但是我肯定，他已經進谷了！」

守春花的身體一軟，跌倒在地，口中喃喃道：「他果真……果真違背了誓言……」

苗君儒正要說話，卻聽到一陣激烈的槍聲，他抬頭望去，見十幾個男人跌跌撞撞地從遠處跑過來！

在谷口，又陸續出現了不少黃色的身影。是日軍。

醜蛋原本白裏透紅的臉蛋，驀地變得煞白。

第九章

事實的真相

苗君儒有些怔怔地望著醜蛋，說道：
「你明知道他們都是壞人，為什麼還要那麼做？
什麼是天意，難道天意就是讓他們進來搶走一切的嗎？」
醜蛋眼中的淚水順頰，望著那老頭，說道：
「其實皇帝谷今日之禍，都是我安排的！」

那十幾個男人來到醜蛋的面前，一個個渾身帶傷，最嚴重的一個，被子彈擊穿了腹部，連腸子都流出來了，用手捂著傷口，一停下來就立即癱軟在地上。

為首一個男人哭道：「公主，不死神泉已經被外族人攻破，我們……」

苗君儒從腰間拿出裝有神水的皮囊，正要給受傷的人治療，卻聽醜蛋說道：「苗教授，不用了！」

苗君儒問道：「為什麼？有傷不治，難道眼看著他們流血而死嗎？」

醜蛋淡淡地說道：「覆巢之下，焉有完卵乎？苗教授，留著那些神水，給有用的人吧！」

日軍已經逼了上來，苗君儒見他們已經換上了日軍的軍服，為首那個指揮官，居然是一個大佐。

這夥日軍的情況也好不到哪裏去，不但人數上比原先少了許多，而且不少人都受了傷，可他們眼中的那股兇悍勁，卻不見減弱。

谷內的人雖然武器低劣，但佔據有利地形，在白身慘敗之餘，也給予對手重創。

那十幾個男人吃力地站起來，一瘸一拐地朝日軍走過去，他們的臉上看不到絲毫的畏懼，反而充滿著無盡的悲壯。

苗君儒用日語朝那個大佐叫道：「藤野君呢，請他過來說話！」

那個大佐問道：「請問閣下姓名，你也是我們的人嗎？」

石壁上轟然一聲響，藤野一郎從裏面走出來，看著面前的人，笑道：「苗教授，你們走得好快呀！好一處金碧輝煌的地下宮殿，裏面的奇珍異寶真讓我大開眼界！有了那些黃金和珍寶，我們大日本帝國將如虎添翼，建立大東亞共榮圈，指日可待！」

苗君儒想不到藤野一郎也知道這條通道，而且這麼快就追了上來。他怎麼對谷內的情況這麼瞭若指掌，難道那本《太平要術》上有谷內的地圖不成？

他說道：「那不是你的，你搶不走！」

藤野一郎得意地說道：「沒有我們大日本帝國得不到的東西！」

站在女人身邊的幾個男人揮舞著長矛衝上前，眨眼間就被藤野一郎身後的忍者砍倒。幾具無頭的屍身掙扎著倒下，鮮血噴濺在暗紅地的土地上，很快便乾了。

幾顆頭顱在地上滾動，那些忍者一步步朝前逼來，女人們嚇得縮在一旁，恐懼地看著他們。

那十幾個受傷的男人走到與日軍相隔四五米的地方，槍聲如爆豆般的響起，他們在身體倒下之時，奮力擲出手裏的長矛。

幾個日軍被長矛刺中，嚎叫著倒下，其餘的日軍呈扇形戰鬥佇列，慢慢包圍了上來。他們的對手，只剩下眼前這些嚇得瑟瑟發抖的婦孺了。

藤野一郎笑道：「現在整個山谷都在我的掌控之中！苗教授，剛才讓你逃掉，現在看你再怎麼逃！」

苗君儒說道：「我不逃了，我在等人。」

藤野一郎問道：「等誰？」

苗君儒說道：「不是老地耗子他們四個人嗎？你該不會說他們已經被你的人殺掉了吧！」

藤野一郎說道：「原來你是要等他們，你看，他們不是來了嗎？」

谷口那邊出現了四個人影，待他們走近之後，苗君儒看清正是老地耗子他們四個人。他們的樣子顯得有些狼狽，齊桂枝左肩上的衣服破了一個洞，沾了不少血跡，好像受了傷。

藤野一郎說道：「現在我來向你介紹一下，大日本帝國特工精英，土肥原賢二先生的學生，中村雄先生。」

崔得金微笑著朝苗君儒點了一下頭。

苗君儒看著崔得金，問道：「你不是中國人？」

崔得金說道：「我當然不是中國人，我自幼父母雙亡，土肥原老師把我帶到中國，託付給一對中國夫婦撫養，我所有的一切都是土肥原老師給予的。我又怎麼能夠忘記老師的教誨，不在關鍵的時候回報祖國呢？」

在重慶的時候，苗君儒就聽一位軍統的高級特務說過，日本侵華的企圖構思了好幾十年，在中國安插了大批特務，那些特務已經完全融入了中國的傳統社會，滲入各個階層領域，根本無法分辨出來。那些日本特務在後方所造成的破壞力，比戰場上還厲害得多。

在抗戰之初，國軍多次圍殲日軍的計畫，都因洩密而失敗。南京失陷的真正原因，就是因為國軍的防線作戰部署洩密，才被日軍找到薄弱處攻進南京城，最終導致守城部隊全線崩潰。

由於苗君儒對政治不感興趣，所以他並未將這個朋友的話放在心上，現在他終於明白了，一直被他懷疑投靠了日本人的崔得金，居然就是日本人。

苗君儒想不到這樣的一個人，不但騙取了他導師的信任，而且騙取了八路軍的信任。

崔得金既然是日本特務，這就不難解釋他在抬棺村的所作所為了。

藤野一郎接著說：「我們打入八路軍內部的人，還有一個……」

苗君儒說道：「別介紹了，除了老地耗子之外，其餘的都是你們的人，是不是？」

藤野一郎點了點頭。

苗君儒望著虎子說道：「你身上的護身符，是誰給你的？」

藤野一郎說道：「他一生下來，就具有常人沒有的本事，用我老師的話說，就是特異功能。我老師拜託土肥原先生，將他帶到了中國。和中村雄先生一樣，他始終沒有忘記自己是日本人！這一次是我命令他配合行動的。」

虎子的臉上並沒有出現像崔得金那樣的得意之色，似乎還有一絲猶豫和擔憂。他朝苗君儒深深鞠了一躬，說道：「對不起，苗教授！」

苗君儒望著虎子，說道：「一個是生你的日本，一個是養你的中國。在我們中國，按傳統道義上來說，養母大如生母！不管你叫什麼日本名字，我只記得你的中國名字，你叫虎子！你告訴我，當你眼看著你的養父母倒在日本人的屠刀下時，你有沒有一種痛徹心扉的感覺？」

虎子的眼中閃現淚光，望著藤野一郎問道：「為什麼要這樣？」

藤野一郎厲聲道：「你身體內流著的是我們大和民族的血，難道你忘了嗎？別被苗教授誘惑！你的母親還在日本等著你回去，難道你不想回到她的身邊嗎？」

虎子低著頭，默默地不說話。

藤野一郎朝苗君儒說道：「識時務者為俊傑，苗教授，你該不會不懂這個道理吧？你以為我就帶了這麼一點人來嗎？我可以明明白白的告訴你，除了兩支特種行動部隊之外，還有兩個師團的兵力，在這一帶掃蕩。你們八路軍是擋不住我們大日本皇軍的鐵蹄的。只要你和我合作，無論你提出什麼樣的要求，我都會答應！」

苗君儒問道：「你要我怎麼和你合作？」

藤野一郎拿著崔得金遞過去的金鑰匙，說道：「只有你才能夠殺死天神，用這把鑰匙打開洪荒之門，拿到霸王之鼎！」

苗君儒問道：「你破解了那本書裏的秘密，是不是？」

藤野一郎說道：「以我一人之力，是無法破解書中的奧妙的，好在我們有精通玄學的大師。」他轉向醜蛋，問道：「我實在不明白，你們幾人不願外人進谷，又為什麼將谷內的秘密記載在一本書上？難道你們沒有想過，一旦這本書落入外人之手，結果會怎麼樣嗎？」

藤野一郎從身上拿出一本顏色發黃的書來，說道：「苗教授，你不想看看嗎？」

苗君儒想起林淼申老師說過，導致谷內五行移位的玄機，也許就在這本書上。但他搖了搖頭，書裏的秘密已經被日本的玄學大師破解了，他還有什麼好看的？藤野一郎問得不錯，既然不願外人進谷，又為什麼將谷內的玄機記載在一本書上，這不擺明了是想指引外人進谷嗎？

醜蛋的眼淚順著臉頰滑落，哀戚地望著苗君儒。

這樣的情形之下，苗君儒就是有再大的本事，也無法力挽狂瀾！他只有用眼神安慰醜蛋，當他的眼神與醜蛋的眼神相遇時，似乎明白了什麼，原來每個人都有難言之隱。

藤野一郎說道：「苗教授，我可沒有耐心等你考慮清楚，谷內的男人已經被殺光了，你不可能眼看著這些女人和孩子，一個個都死在你的面前吧？先把神水給我，然後拿著金鑰匙進去，替我取出霸王之鼎！」

他見苗君儒沒有表示，輕輕揮了一下手，一個忍者嚎叫著上前，揮刀朝守春花砍去。

一聲槍響，那個忍者的背心出現一個血洞，撲倒在守春花的面前。

從岩壁上跳下來一個人，護在守春花的面前。只見這人衣衫襤褸，蓬頭垢面，最為恐怖的是，這人的臉上縱橫著幾條刀疤，完全破了相，就是他最熟悉的人，也未必能認得出來了。

苗君儒說道：「魯隊長，你終於出現了！」

那個人望著苗君儒，問道：「你是誰，你怎麼知道我？」

苗君儒說道：「剛才我只是猜的，現在我肯定了！」

魯大壯說道：「你怎麼懷疑是我的？」

苗君儒說道：「石棺旁邊那具骸骨使我懷疑，是有人故意隱瞞什麼，不想讓別人知道他的身分，才用池中的水化去了屍體上的血肉。其中一具屍體的身上結滿了冰霜，無法認出本來的面目，可崔幹事，哦不，應該是中村雄先生，居然一口咬定是魯隊長。如果他是八路軍的人，我倒不懷疑他說的話，問題是他真實的身分是日本人。這不得不讓我考慮他說的話，是在欲蓋彌彰。」

藤野一郎笑道：「看來苗教授想知道整件事的過程，很好，我就給你一點時間，看你說得對不對！」

「這事還得從頭說起！」

苗君儒繼續說道：「當年蕭司令在抬棺村治好傷之後，八路軍急於得到那種神奇的藥水，可惜工作隊怎麼努力，都無法說服村民。村民們暗中在工作隊的飲水裏下了用神水和馬尿製作成的毒藥，所以才發生一連串發瘋和自殺的事件。我的導師林淼中得知這件事後，先派他的學生崔得金，也就是中村雄先生，前來查探抬棺村的虛實。

「中村雄不虧是林淼中的學生，來到抬棺村之後，很快就發現了抬棺村的與眾不同，他的疑心很重，從來不吃村內的食物，也不喝村裏的水，才使他逃過村民的暗算。皇天不負苦心人，他終於探知到一些有關皇帝谷的消息，他大喜過望，在寫信給林淼中的同時，也將消息透露給了日本軍方。於是，在林淼中帶隊進谷之後，一支日軍的特種部隊跟了進去。由於他們是冬季進的谷，所以並未遭到大鼉龍的攔截。至於後來發生了什麼，我就不太明白了！」

魯大壯說道：「守金雖然是抬棺村的人，可是對於谷內的地形也不太熟悉，當我們走到明代皇陵後，遭到了猴子的圍攻，隊員們犧牲了不少。何大瞎子的耳朵好使，聽出了我們後面還跟著一批人。我以為是蕭司令派來的，哪知道卻是小鬼子。皇帝谷那麼地隱秘，憑小鬼子的本事，應該是沒有辦法找得到的，林老師懷疑有內奸，說有人在路上給小鬼子留下了標記。再說谷口有我們的人守著，小鬼子不可能不開一槍就能夠闖進來。谷內到處都是機關，還有暗中放箭的野人，當我們來到石牌坊時，剩下還不到十個人。後面的小鬼子比我們好不到哪裏去，他們也死了不少人。」

他看了一眼身後的守春花，繼續說道：「在石牌坊那裏，我們遇到了昏迷過去的她，我把她救醒，想問問谷內的情況，可她一聲不吭就朝大石堆那邊走了，我留下兩個人保護林老師和何大瞎子，帶了幾個人追上去，誰知追到那些大石堆中，居然走不出來了！我們在那個大石堆中轉了很久，後來小鬼子也來了，我們和小鬼子在那裏打了一仗，我和小鬼子的軍官拚大刀時，兩人都陷了下去。」

藤野一郎說道：「故事很精彩，請繼續說下去！」

魯大壯說道：「掉到那下面去的，不止我們兩個，還有好幾個人。我用大刀砍掉了一個小鬼子的頭，那血濺到牆上，出現了一個地洞。鬼子軍官見勢不妙，率先逃了進去，我幹掉剩下的小鬼子後，身邊也只剩下守金和一個受傷的同志了。我們三個順著通道追到石棺那裏。鬼子軍官見我們有三個人，說是要投降。我們信了他，商量著怎麼樣一起走出去。守金看到石棺上面有一枚金鑰匙，就拿了過來，誰知整個手掌登時變得漆黑。我一看情況不妙，急忙用大刀把他的左手砍斷。鬼子軍官趁機朝我們下手，守金開了槍，不巧打中了自己人。鬼子軍官只防著我，卻被我那個同志在臨死前飛出的刺刀殺死。守金的左手雖然被我砍斷，可中毒太深，眼看著傷口流出黑水，肌肉開始變黑腐爛，我用水壺去池裏裝水，想給守金清洗傷口，可水壺一碰到水，就化掉了。我……」

苗君儒打斷了魯大壯的話，問道：「魯隊長，金鑰匙真的是你們在石棺上發現的？」

魯大壯說道：「是的，守金臨死前還說，金鑰匙可以打開什麼門，拿到什麼很珍貴的寶物。」

苗君儒問道：「你為什麼沒把金鑰匙帶走？」

魯大壯說道：「我的任務是進來尋找神藥，我答應了守金，不拿走谷內的一件東西。」

苗君儒問道：「你是怎麼從那裏面出來的？」

魯大壯說道：「守金疼得在地上打滾，我卻不知道怎麼樣才能救他，到後來他實在熬不過，就自己開了槍。他死後，屍身慢慢的化了。我一個人困在裏面，不敢去碰任何東西，生怕變成他那樣。我不知道熬了多久，最後餓暈了過去。我醒來之後，發覺躺在石牌坊的下面，是她救了我！」

苗君儒問道：「難道你沒有再遇到林老師和何大瞎子他們？」

魯大壯說道：「沒有！我的腿上受了傷，她把我帶到一個山洞裏，用草藥替我療傷。在那個山洞裏，我和她有了肌膚之親。後來她告訴我，有兩個男人被婆婆抓住，給關到一個地方去了。我想去救他們，可她不答應，說要是讓谷內的人發現了我，我就沒命了。傷好後，她送我出谷，要我發誓不把谷內的秘密說出去，而且不能進來。我答應她了。」

苗君儒問道：「你既然活著離開皇帝谷，為什麼不去找你的隊伍？」

魯大壯說道：「我向蕭司令打了包票，不完成任務就不回去。我出谷後，遇到了一個上山打柴的老鄉，得知崔得金還在村子裏，我想起了林老師曾說過的話，決定暗中監視他，於是就在抬棺村周圍的山上躲了起來。直到有一天，我暗中跟蹤崔得金，終於被我發現他和日本鬼子有勾結。我便寫了一封信，求那個老鄉轉給蕭司令。」

苗君儒聽明白了，魯大壯遇到的老鄉，一定是守根。那天守根在他手心畫的一撇一捺，其實就是八路的「八」字，而那個圓圈，也許是八路的「路」字，「路」字不會寫，就用圓圈代替了。

中村雄說道：「你沒有想到的是，那個人把你寫給蕭司令的信，交到了我的手裏。只有我才知道你活著，而且你知道還有另外一條進谷的路。我將計就計，以蕭司令的名義寫了一封信，說我是受上級的指派，與日軍接觸是在執行一項秘密任務，並約你在收魂亭見面。」

魯大壯說道：「可是你同樣沒有想到，當我接到那封信的時候，就知道信是假的，蕭司令從來沒有叫過我魯隊長，在信上也不會那麼稱呼，都是稱呼我大個子的。還有一點你不知道的是，蕭司令和我一樣沒有什麼文化，絕對不會把字寫得那麼工整，所以我接到信之後，並沒有去收魂亭。從那以後，你不斷派人上山找我。」

中村雄說道：「不錯！最好能抓到你，就算抓不到，也不能讓你活著。」

苗君儒說道：「你知道抬棺村的禁忌，並以此要脅守根，終於被你知道了老半仙那本書的秘密，於是你通知了日軍，對抬棺村來了一次掃蕩。你的陰謀得逞了，那本書果然落到了你們的手裏。當你們破譯了那本書中的玄機後，就開始行動了。畢竟這裏是八路軍的根據地，行動上多少受制約，於是藤野一郎想出了一條妙計，消滅了李大虎的那幫土匪，並扮成李大虎，在這一帶活動。你們沒有想到我會來這裏，當你知道我的真實身分時，就迫不及待地想殺掉我。幸虧蕭司令來得及時，我才沒有遭你的毒手。」

中村雄說道：「其實我一直都想殺了你，是藤野君要留下你，因為你是接到林教授的信才來的！」

魯大壯望著醜蛋說道：「我在山上躲了半年多，被我發現一個放羊的小孩，居然知道那條進谷的路，而且進去了兩次。更想不到的是，那個替我送信的老鄉，會跟蹤那個孩子。」

醜蛋說道：「原來是你在林子裏弄出聲響，使我意識到後面有人跟著。」

魯大壯點了點頭，說道：「那個老鄉最後一次走那條路，是在你們進谷的前一天，他逃出來時，渾身是血。我本來想救他，可是他一看到我就跑，我追到村頭，看見了崔幹事和許多人在那裏，就沒有現身。」

他仍然稱呼中村雄為崔幹事。

中村雄說道：「我知道你在跟蹤我，也知道蕭司令開始懷疑我了，所以暫時沒有與外面的人聯絡。」

魯大壯說道：「幾天前，我在收魂亭遇到蕭司令的通訊員，沒想到他居然被我活活嚇死了。」

苗君儒說道：「可是我在屍體上發現有人下過毒的痕跡！」

魯大壯說道：「我沒有下毒。我只把他搬到亭子裏，並在他的身上放了一封寫給蕭司令的信。蕭司令只要見到屍體，就能見到我寫給他的信。」

苗君儒說道：「可是我並沒有在屍體上見到信！」

「是我！」中村雄說道：「我不能讓通訊員回去，只有給他下毒，讓他死在半路上。我一路跟蹤到收魂亭，果然看到了他的屍體。我不但發現地上有拖動的痕跡，還發現藏在屍體上的信！」

「好一個陰險毒辣的人！」苗君儒說道：「你身在抬棺村，不可能離村太遠，你和外面的人聯絡，肯定有一個中間人，是不是那晚在收魂亭和你說話的人，他是誰？」

「是我！」藤野一郎說道：「我雖然走在前面，可必須時刻注意你們的動靜，我告訴中村君，八路軍不可能只派這點人進谷，後面應該還有很多人，八路的目的和我們一樣，也是為了谷內神奇的藥品和黃金。我已經在沿途給我們的特種行動部隊留下標記，另外通知後面的人，一旦發現有八路的大部隊行動，就立即通知週邊掃蕩的部隊，進行『零號作戰計畫』。」

苗君儒問道：「什麼是『零號作戰計畫』？」

魯大壯輕蔑地說道：「小鬼子的那些花花腸子，我們早就摸得透透的了。什麼『零號作戰計畫』，還不是想利用這次機會，以小股兵力誘使我們八路軍對他們進行包圍，卻又在週邊對我們進行包圍？我告訴你，要想在戰場上玩點花樣，我們中國人是你們小鬼子的祖宗。」

從藤野一郎氣急敗壞的臉色分析，所謂的「零號作戰計畫」，被魯大壯給猜中了。

魯大壯接著說道：「我可明明白白的告訴你，你們留在路上的印記，都被我給弄掉了，我還另外給後面的小鬼子指引了一條路，他們來不了了！」

苗君儒並不知道，後面跟來的日軍在谷外迷了路，居然走到位於八路軍根據地內部的黃崖洞兵工廠去了。

守護黃崖洞兵工廠的八路軍和遊擊隊，與那股進犯的日軍進行了長達八晝夜的浴血奮戰，這就是抗日史上最著名的黃崖洞保衛戰。

藤野一郎的臉色變得醬紫，指著魯大壯大聲吼道：「我殺了你！」

魯大壯手裏的槍剛抬起，四周就響起了槍聲。他身中數彈，擁著守春花，微笑道：「我說過，就是死，我也會跟你死在一起。」

守春花的胸前同樣出現幾個血洞，她偎依著魯大壯倒在地上，眼中滿是柔情地看著他，懷中的孩子哇哇地啼哭起來。

魯大壯張了張口，說道：「只可惜，我不能把我們的孩子……」

魯大壯的嘴巴還微微地張開著，卻再也說不出一個字，人已經斷了氣，可眼睛還睜開著。

守春花把頭伏在魯大壯的胸口，無限留戀地看了一眼懷中的孩子，微笑著閉上了眼睛。

「姐姐！」守金花哭喊著要衝上前，卻被身邊的女人死死拉住。

一個忍者持刀砍向那個孩子，苗君儒正要挺身相救，孰料還有一個人比他更快。

那個忍者的胸部中了一腿，身體橫飛出去，撞在一尊佛像上，滾落在地上時，噴出幾大口鮮血，眼見是不能活了。

藤野一郎厲聲道：「你為什麼要這麼做，難道忘了你是日本人嗎？」

虎子說道：「我是日本人，但我是中國母親養大的。你們要對付的應該是中國軍隊，為什麼每次都要屠殺那麼多無辜的百姓，連幾個月大的孩子都不放過？」

藤野一郎以命令的口吻說道：「那不是你考慮的問題，作為一名大日本帝國的精英，你要做的，就是絕對服從命令！難道你想違抗上級的命令嗎？」

虎子的眼中含淚，大聲說道：「當我眼看著養父母和一起長大的夥伴死在你們的刺刀下時，我真恨自己是日本人，不能替他們報仇！藤野君，為什麼非要進行這場戰爭，難道死的人還不夠多嗎？為什麼要讓他們遠赴中國，變成回不了家鄉的孤魂野鬼呢？」

藤野一郎大聲道：「夠了，你想怎麼樣？」

虎子分別看了苗君儒和藤野一郎一眼，說道：「我不會插手你們之間的事情，也不願再看見有人死亡，藤野君，請允許我離開。」

說完後，他轉身離去。那個日軍大佐帶著幾個士兵，擋住他的去路。他冷冷道：「你以為你們能夠擋得住我嗎？」

藤野一郎的眼珠轉了幾下，以虎子的本事，根本無法將其留下，如果強行那麼做，只會白白賠上幾條性命，削弱自身的力量。

藤野一郎於是說道：「你想走也行，但必須替我辦完最後一件事，把苗教授手上的神水拿給我！」

虎子說道：「對不起，藤野君，我說過不會再插手你們之間的事！」

他的腳步未停，逕自朝外走去。那個日軍大佐未得到藤野一郎的命令，不敢輕舉妄動，眼睜睜地看著他離開。

苗君儒望著齊桂枝，從她出現的那一刻開始，他的眼睛就一直留意著她的舉動，可由始至終，無論出現了什麼樣的情況，她的表情仍然是那麼的冷漠與淡定，與先前的那個齊桂枝判若兩人。

苗君儒低聲說道：「我想不明白，既然崔得金就是日本人中村雄，他為什麼要一再提醒我，你不是齊桂枝，而是日本女間諜！他那麼做，不是明擺著此地無銀三百兩嗎？他出賣你的目的，究竟是什麼？」

齊桂枝笑了一下，說道：「我當然不是齊桂枝，我的父親也不是黎城維持會會長齊富貴，其實我是東北人，我的日本名字叫栗原小純子！至於他為什麼要那麼對你說，那得問他了，中村君，你說呢？」

中村雄嘿嘿笑道：「我不是後來才知道你是自己人的嗎？我那麼做，也是想轉移苗教授的注意力。」

「後來才知道？」苗君儒說道：「原來你們彼此之間並不認識！」

藤野一郎笑道：「你不是國民黨的中統和軍統，所以你不懂我們的規矩。除了負責聯絡的人，別人是不會知道身分的，不到萬不得已的時候，是不會暴露身分的。」

「我明白了！」苗君儒說道：「在我下深溝時，你們之間肯定發生了衝突，才彼此暴露身分，知道都是自己人。」

藤野一郎笑道：「你猜得不錯。當時中村君和老地耗子合夥想殺死杉本君，是我和栗原小純子救了他！」

苗君儒說道：「你怎麼知道我沒有摔死，為什麼要朝自己開槍？」

藤野一郎說道：「別忘了中村君也是精通中國玄學的人，你的命不該絕，所以我們斷定你還沒死。別忘了你每一次遇險，都有谷內的人出手相救。要想得到神水，就必須讓谷內的人救我。所以我要他們四個人離去，我自己演了一齣苦肉計！」

苗君儒笑道：「你不覺得你演的苦肉計太多了嗎？難道除了苦肉計外，就沒有其他的好辦法了？」

藤野一郎說道：「事實證明，我的苦肉計非常成功，不是嗎？」

苗君儒說道：「我還有一點想不明白，你要她來做什麼？從她出現的那時開始，好像並沒有多少用處，換句話說，她只不過是個累贅。除了協助你演出苦肉計，得到我的信任外，就再也沒有其他的出色表演了。她既不像中村雄那麼隱藏得深，取得那麼多的有用情報，也不會像虎子那樣具有特異功能。參加這次行動的，應該都是日本的特工精英，安排一個可有可無的角色進來攙和，似乎有些不可理喻。藤野一郎，你怎麼可能犯這種低級的錯誤？」

藤野一郎笑道：「其實功勞最大的就是她，如果不是她，我們怎麼知道中國有這麼一個神奇的地方呢？如果不是她，中村君也不可能受林淼申教授的指派，來到抬棺村。」

苗君儒想起來，有一次他去找林淼申教授談事，在林教授的家裏，似乎見過栗原小純子，難怪他覺得在哪裏見過她。加上在邯鄲的那一次，他們之間不止見過一次面。他問道：「我們除了在林教授的家裏外，是不是還在邯鄲城有朋客店見過？」

栗原小純子笑道：「苗教授好記性！我只不過陪一位國民黨高官請你鑒別過古董，你就記得了？」

藤野一郎說道：「苗教授，你問完沒有？該把神水給我了吧？」

看著那幾個蠢蠢欲動的忍者，苗君儒後退了幾步，用青釭劍的劍尖對準那個裝有神水的皮囊，說道：「藤野一郎，叫你的人退開，否則你一滴都別想得到！

不信你就試試！」

藤野一郎說道：「苗教授，你別激動。你答應和我合作的！」

苗君儒說道：「為了達到目的，你們可謂機關算盡。可是你們忽略了一個人。」

藤野一郎問道：「誰？」

醜蛋說道：「是我！」

苗君儒說道：「其實中村雄已經從守根那裏，得知醜蛋是一個很重要的人，於是你們抓走了她。你們只知其一不知其二，究竟有多麼重要，你們的心裏也沒底。抓走她只是探一探抬棺村的反應，你們知道從一個小孩子身上逼不出什麼，便設了一個圈套，想逐步得到我和她的信任。」他望著醜蛋，說道：「接下來該你說了，告訴他們，你是怎麼識破他們詭計的！」

醜蛋長歎了一聲，緩緩說道：「苗教授，枉我活了一千多年，生活在這種與世隔絕的地方，卻不知外面的世界有多大，更不知外面的變化。我雖能讀懂他們的心思，知道他們都是壞人，卻不知壞人和壞人之間，原來還是有區別的。皇帝谷今日之禍，完全在諸葛老先生的預料之中，都是天意啊！」

藤野一郎驚異地望著醜蛋，笑道：「我聽他們叫你公主時，還以為你是個世襲的公主，沒想到你活了一千多年，難道不死神泉的神水，真的可以讓人長生不老？」

苗君儒有些怔怔地望著醜蛋，說道：「你明知道他們都是壞人，為什麼還要那麼做？什麼是天意，難道天意就是讓他們進來搶走一切的嗎？」

醜蛋眼中的淚水順頰，望著那老頭，說道：「其實皇帝谷今日之禍，都是我安排的！」

聽了這話，連苗君儒都感到意外。就算醜蛋再有本事，怎麼可能安排這一切呢？

那老頭用一種很奇特的眼神，盯著醜蛋看了半晌，哈哈地大笑起來：「你終於想明白了，很好，很好！那還等什麼？」

那老頭說完後，往後退了幾步，轉身跳下了石窟右側的深溝。其餘的女人見狀，全都自覺地走過來，在經過醜蛋的身邊時，朝她身鞠一躬，一個挨著一個，從容不迫地跳了下去。

苗君儒看得熱淚盈眶，長這麼大，見過無數血腥而慘烈的場面，卻從來沒有見過這麼悲壯而痛心的。螻蟻尚且偷生，何況乎人？可是這些女人在失去親人之後，毅然做出了跟隨親人而去的選擇，甘願放棄自己的生命。

當最後一個女人抱著孩子跳下去後，醜蛋對苗君儒說道：「苗教授，他不是想得到霸王之鼎嗎？那就請你和我進去，用金鑰匙打開洪荒之門吧！」

藤野一郎發出一陣狂笑，說道：「公主不能進去，苗教授在你沒有出來之前，我不會殺她們的，不過，我只給你兩個小時的時間，超過兩個小時，我倒要看看，長生不老的人究竟能不能殺死！」

醜蛋平靜地說道：「苗教授，既然他們不讓我進去，我就讓金花陪你去，金花，你知道怎麼做的，是吧？」

守金花含淚點了點頭，從藤野一郎手裏拿過金鑰匙，與苗君儒一起朝洞口走去。突然聽到旁邊傳來一個男人的叫喊：「慢著！」

第十章

玉石俱焚

大怪物的腰部以上，是一個精壯男人的身軀，
而腰部以下，則是一條水桶粗大的蛇身。
大怪物頭上的長髮一直披到腰間，濃眉大眼，
一張碗口大的闊嘴，外加一個朝天鼻，相貌醜陋至極。
兩條胳膊又粗又壯，胸口的肌肉高高鼓起，堅硬而結實。
而紅燈籠就是大怪物那兩顆放射出紅光的眼睛。

發出叫喊的人，是一直都沒有吭聲的老地耗子。他對藤野一郎說道：「你真的相信他能夠拿得到霸王之鼎？」

藤野一郎說道：「他不能拿，難道你能拿得出來嗎？」

老地耗子說道：「我想跟他一起進去，監督他把霸王之鼎給你拿出來！」

栗原小純子說道：「我也進去！」

藤野一郎似乎很為難，說道：「純子小姐，這本書上說，進這個洞的人九死一生，我們還是在外面等吧！」

栗原小純子一步步走到藤野一郎面前，說道：「藤野君，你只知道我叫栗原小純子，卻不知道我還有一個名字，叫許方婷！」

她的手上出現兩把小手槍，一把指在藤野一郎的頭上，一把對著中村雄等人，接著大聲叫道：「老地耗子，你還在等什麼？」

老地耗子像猴子一樣的竄過來，從守金花手裏搶過金鑰匙，往洞口跑去。一聲槍響，他的身體緩緩倒在地上。

栗原小純子手裏的槍也響了，中村雄捂著肚子，踉蹌了幾步，倒在地上。

老地耗子並沒有死，兩隻手撐在地上，一下一下的往前爬著，身後留下一條長長的血路。在距離洞口幾米遠的地方，隨著連續幾聲槍響，他的頭往上抬了抬，垂到地上再也不動了。

藤野一郎冷笑道：「不管你叫許方婷，還是栗原小純子，你以為憑你們兩個人，就能達到目的嗎？現在他已經死了，如果你放下槍，看在你為我們大日本帝國立過功的份上，我可以饒你不死！」

苗君儒幾乎看懵了，這個女人不管叫什麼名字，總之都是日本特務。具有滿洲帝國皇族血統的愛新覺羅．顯玗，漢文名金壁輝，日本名字叫川島芳子，還是赫赫有名的日本女特務呢。莫非栗原小純子自認是中國人，突然之間良心發現，臨陣倒戈不成？

他輕聲問道：「齊……栗原小姐，你到底是什麼人？」

許方婷說道：「『九一八事變』之後，我和十個姐妹一同被送去日本，『七七事變』之前，我們被送到中國從事間諜活動，這幾年來，我眼看著我的姐妹們一個個慘死，如今只剩下我一個人。兩年前，我認識了林教授，被我得知了皇帝谷的事，我將此事報告給了上級。在我的努力下，林教授推薦了中村雄過來這裏。一年前，林教授找到我，問我願不願意陪他一起來，由於我另有任務，沒有答應他。但是他對我說過的一句話，我至今還記得。」

苗君儒問道：「他說過什麼？」

許方婷說道：「他說我怎麼看，都不像中國人。半個月前，我收到一封他寫給我的信，要我來皇帝谷，讓我見識世界最奇妙的東西。」

苗君儒說道：「於是你就來了？」

許方婷說道：「是的！」

苗君儒問道：「老地耗子和你是什麼關係？」

許方婷說道：「在深溝那邊時，藤野給了我們一張草圖，要我們四個人去尋找不死神泉，結果我們四個人遇到山谷裏面人的攔截，我被箭射傷了，老地耗子替我換藥，認出了我戴的玉佩，是他年輕時送給一個闖關東的好朋友的。我得知他和我的關係後，便開始了我們的計畫。」

藤野一郎問道：「你們的計畫是什麼？」

許方婷說道：「拿到神水和霸王之鼎。」

藤野一郎說道：「神水能夠讓你像她一樣長生不老，可是霸王之鼎，你得到又有什麼用？」

許方婷說道：「你應該知道，為什麼我的姐妹們都死了，而我還活著。」

藤野一郎說道：「原來你投靠了國民黨！」

許方婷說道：「只要我把霸王之鼎獻給蔣總裁，就是大功一件。你以為國軍沒有舉動的嗎？在黎城以西的地方，國軍已經聚集了三個師的兵力，等你們和八路軍兩敗俱傷的時候，就是我成功之時。我還可以告訴你，我也在沿途做了標記，說不定此時，一支國軍的特種部隊，已經殺進谷來了。」

她說完後，從藤野一郎手裏搶過那本《太平要術》，又用槍口朝苗君儒揮了揮，幾個人一起小心地往洞口走去。

見藤野一郎被人挾持，那些日軍和忍者都不敢輕舉妄動，只是慢慢地圍上來，尋機下手。

苗君儒站在洞口，身邊跟著醜蛋和守金花，一陣陣熱氣和腥臭從裏面吹出來，幾乎令人昏厥。他說道：「你們真的願意跟我進去送死？」

醜蛋和守金花堅定地點頭。

許方婷挾持著藤野一郎，慢慢退到苗君儒的身後，她說道：「苗教授，你還猶豫什麼？」

苗君儒三人並肩朝洞內的台階走下去時，腳下又傳來一陣劇烈的震動，眼見著石壁裂開一條尺把寬的大裂縫，幾尊佛像在震動中轟然倒塌。一個忍者借著倒塌佛像的掩護，以極快的速度飛身縱起，人在半空，可刀光已經罩住了許方婷的後背。

苗君儒眼角的餘光看到那個突然出現的忍者，轉身正要示警，見許方婷沒有回頭，另一隻持槍的手轉了過去。槍聲響起時，那個忍者的屍體已經摔落在地。

就在這一閃之間，給了其餘忍者以可乘之機。

許方婷的反應並不慢，連開三槍擊倒離她最近的忍者。可惜她忘了，她手中這支小手槍的彈容量只有五發。槍膛內傳來撞針的空響時，其中一把日本刀已距離她的頭部不到一尺。

就在這電光火花之間，那個忍者的身軀以一種不可思議的方式飛了出去。

只見已經「死」了的老地耗子，滿身是血地從地上爬起來，抓住兩個忍者摔了出去。口中大聲叫道：「他奶奶的，打我那麼多槍，最後一包殭屍粉都不夠……」

他的話還沒有說完，那顆長著一頭亂糟糟花白頭髮的頭顱已經飛起，頭顱在半空中的時候，眼睛望著苗君儒，嘴巴微微張了幾下。

苗君儒知道老地耗子要說什麼，有關老地耗子的秘密，他絕對不會告訴別人，包括那處他下去過的墓葬。

地面發出一陣顫動，所有的人都站立不穩。許方婷大驚之下，本能地後退了兩步，卻不知身後就是往洞內去的台階，腳下一空，和藤野一郎一起，撞在苗君儒他們三個人的身上，五個人一同朝台階下滾了下去。

不知道往下滾了多少級台階，直到頭部撞到一處軟軟的地方，才停了下來。

苗君儒渾身都很疼，好在沒有暈過去，他動了一下身子，感覺除了一些擦傷外，並沒有太嚴重的傷。

這是一處比較平坦的地方，對面那暗紅色的岩壁上，有一面巨大的銅鏡，銅鏡光滑透亮，邊緣是一些類似甲骨文的字母紋飾，正中有一個小圓孔，銅鏡反射出來的光，使他看清周圍的景物。

在銅鏡的前面，有兩根像門框一樣的大石柱，石柱上並沒有任何紋飾和圖案，左側靠洞壁的角落裏，散落著許多人體的骸骨，最近的一個骷髏頭，離他的腳不到兩米。

另一側是一條深不見底的大溝，溝裏面冒出紅光和熱氣，洞內的溫度比較高，他身上的衣服都被汗濕了。

許方婷和守金花倒在不遠處，好像暈了過去。醜蛋來到苗君儒的身邊，低聲問道：「苗教授，你沒事吧？」

苗君儒說道：「我沒事，你呢？」

醜蛋說道：「我也沒事！」

她手中握著苗君儒的青釭劍，遞了過來。

苗君儒接過劍，朝別的地方看了看，並沒有見到藤野一郎。心中想道：難道他沒有摔下來？

醜蛋說道：「他是沒有摔下來，不過他們現在下來了！」

苗君儒朝台階上望去，果然看到幾個舉著火把的人。

許方婷和守金花相繼醒了過來，守金花看到那些骷髏，嚇得爬到苗君儒的身邊。

藤野一郎帶著忍者和日軍走了下來，他看到苗君儒他們四個人時，得意地笑道：「終於再見到你們了！」

他看到對面石壁上的銅鏡，笑道：「洪荒之門！」

苗君儒和三個女人起身，一步步退到溝沿邊，他側身往下面瞄了一眼，看到滿目翻滾沸騰的岩漿。

藤野一郎說道：「公主，這本書上怎麼沒有打開洪荒之門的方法？你可別說，要用人血潑上去才行。在大石塔那邊的時候，苗教授就是用人血，才打開那條通道的。」

醜蛋說道：「金鑰匙不是在你的手裏嗎？銅鏡中心的那個孔，就是插鑰匙進去的！」

金鑰匙原來被老地耗子搶到手了，他死後，鑰匙仍落到藤野一郎的手裏。

藤野一郎說道：「就這麼簡單嗎？我都有點不敢相信！純子小姐，你不是想得到霸王之鼎嗎？那就請你打開洪荒之門！」

他說完後，將金鑰匙拋了過來，金鑰匙在地上滾了幾滾，滾到苗君儒的腳邊。

苗君儒撿了起來，說道：「我去！」

醜蛋低聲說道：「還記得我帶你走的那條路嗎？」

苗君儒記得醜蛋帶他走進曹操墓葬時，是先朝左走，過四級台階後，再往右過四級台階。那就是說，鑰匙插進去後，先左扭四圈，再右扭四圈。

他朝銅鏡走過去的時候，看到銅鏡上折射出兩點刺目的紅光，紅光來自他的身後。他轉身一看，見遠處的黑暗中出現兩盞紅燈籠。隨著一陣刺耳的笑聲，紅燈籠快速來到了他們的面前。

當看清面前的東西時，苗君儒本能地後退了幾步。

準確來說，出現在他們面前的，並不是一件「東西」，而是一條人首蛇身的大怪物。

大怪物的腰部以上，是一個精壯男人的身軀，而腰部以下，則是一條水桶粗大的蛇身。大怪物頭上的長髮一直披到腰間，濃眉大眼，一張碗口大的闊嘴，外加一個朝天鼻，相貌醜陋至極。兩條胳膊又粗又壯，胸口的肌肉高高鼓起，堅硬而結實。而紅燈籠就是大怪物那兩顆放射出紅光的眼睛。

苗君儒並非沒有見過這樣的怪物，很多古書典籍與雕刻的古物上，甚至是一些深山裏面的摩崖石刻，都能見到人首蛇身的圖紋。苗君儒在這個谷內已經相繼見過鼉龍、螣蛇和贔屭這三種上古神物，見到這樣的怪物，也在意料之中。

槍聲再次如爆豆般響起，大怪物似乎不懼槍彈，朝台階上的人衝過去。巨手連連揮舞，眼看著那些忍者和日軍一個個飛了起來，有好幾個倒楣鬼被拋下了大溝，轉眼間化為灰燼。

活著的人嚇得屁滾尿流，紛紛逃了上去。

苗君儒看到藤野一郎就摔在那些骷髏堆中，口中吐出極大口鮮血，虛弱地呻吟道：「苗……教授……救……我……」

許方婷撿起一支掉在地上的槍，將槍裏的子彈盡數射進藤野一郎的身體。

大怪物的巨手伸了過來，許方婷丟掉槍，飛身滾到一旁，順勢撿起一柄日本刀。

「你們是誰？」人首蛇身的怪物甕聲甕氣地問道，兩個銅鈴大小的眼珠不斷射出紅色的光芒，說話的時候，嘴巴裏居然在冒煙，還帶出一些火星。

怪物在苗君儒面前的不遠處，上身隨著下身的搖擺，不停的晃來晃去。他的眼神與那兩道紅光一接觸，大腦中頓時一片空白，心中暗道：不好！

把眼神移開後，苗君儒定了定神，才勉強恢復過來，他望著怪物的胸膛，反問道：「你就是他們所說的天神？」

怪物發出震耳欲聾的笑聲，笑完之後，說道：「怎麼稱呼我，那是他們的事，我和一個人定下了盟約，每過一段時間，她都會送一個年輕的女人進來供我食用！哈哈，今天我可以吃兩個！嗯，味道肯定不錯！」

在這個怪物的眼中，六十年只是一段時間而已。或許這個怪物根本沒有時間的概念，對於一個壽命長達數千年甚至上萬年的怪物來說，六十年確實不過是一陣子而已。諸葛老先生騙了外面的人，說是嫁給天神，其實就是把女孩子送進來給這條怪物食用，這麼多年來，不知道多少無辜的女孩子喪命在這條怪物的口中。

苗君儒大聲問道：「你和她定下什麼盟約，她憑什麼送一個年輕的女人進來供你食用？」

怪物說道：「因為我告訴了她返老還童的秘密！」

苗君儒微微一驚，想起了老蠢對他說過的話，醜蛋是身在襁褓中的時候，被她娘從山上撿來的。

如果一個人懂得返老還童之術，只要一次次地使自己變成嬰兒，就等於長生不老。

難道醜蛋就是諸葛老先生？

可是為什麼谷內的人又稱呼她為公主呢？

抬棺村的人，難道不知道她的真實身分嗎？

一個用別人的生命換取長生不老的人，又怎麼會珍惜別人的生命？在洞口時，醜蛋與那老頭子發生爭辯，不惜違抗先帝的旨意，說出那種動情的話出來。當他毅然進洞時，卻說出「對不起」那樣的話，而之後又說所有的一切都是她安排的。

醜蛋究竟是一個什麼樣的人？

這一連串的問題，幾乎令苗君儒有些懵了。

醜蛋說道：「苗教授，沒有時間考慮，殺了他！」

那怪物打量著苗君儒，發出一陣得意的冷笑，問道：「你認為憑你手中的那把鐵劍，就能殺死我嗎？」

苗君儒說道：「不管能不能殺得死你，我都要試一試！」

「那就來吧！」那怪物喝叫一聲，閃電般的撲了過來！

怪物的右手叉開五指，朝苗君儒當頭抓下來。苗君儒把金鑰匙遞給守金花，冷笑一聲，雙腳一動，閃身躲過怪物的當頭一抓，同時揮劍砍向怪物的左臂。

他以為憑青釭劍之利，即使砍不斷怪物的左臂，至少也能將怪物砍傷，哪知一砍之下，他大吃一驚。

青釭劍砍在怪物的左臂上時，發出清脆的金屬碰撞聲，從劍身上傳遞過來的反彈力，震得他右手發麻。

當他看清天神的模樣時，對能否殺死天神，還抱著一絲的希望，可一接觸之後，心裏頓時明白，手裏的這把青釭劍根本傷不了這怪物，他可能連一絲勝算的機會都沒有。只是可惜了守金花和醜蛋，陪著他一起死。

怪物的右手連連抓來，速度之快，根本容不得苗君儒喘息。饒是他的武功高強，身法快捷，也頻頻遭遇險境，有兩次就差點被怪物抓到。

苗君儒並沒有想到，就在他與怪物進行生死遊鬥的時候，山谷外面的軍隊，也正進行著一場力量懸殊的血肉之戰。

苗君儒在閃避大怪物的抓撲時，還要留意守金花和醜蛋的處境，他兩次被大怪物逼到溝沿上，險象環生。

眼角的餘光瞥見深溝下面那火紅的岩漿，像開水一樣沸騰著，不斷向上噴濺，頓時感覺到一陣陣的心悸，從溝底沖上來的熱氣，將他的頭髮都燙卷了。

許方婷瞅準一個機會，揮刀朝守金花撲去，要搶奪她手裏的金鑰匙。

守金花撿起一支槍對準許方婷，兩人就這樣僵持著，誰都不敢動。

所幸大怪物沒有把苗君儒放在眼裏，否則，就算有兩個苗君儒，也不是大怪物的對手。

大怪物的尾巴就在大銅鏡的下面掃來掃去，根本不讓別人靠近。

醜蛋叫道：「苗教授，牠的要害是眼珠！」

即便是武功再高的人，眼珠也是要害。苗君儒以太極借力打力的手法，極力閃避大怪物的抓撲，在跳躍中，專攻大怪物的眼睛。

大怪物接連抓撲不中，氣得發出巨大的吼聲。

這隻大怪物就是生存在這裏的，在地利上占了優勢。六七個回合之後，苗君儒的身上大汗淋漓，有些力不從心了。再這麼遊鬥下去，用不了多久，他就會成為大怪物的爪下游魂。

不能力敵，那就只有智取！

可惜時間容不得他多想，堪堪躲過大怪物的襲擊，孰料腳下一滑，他還未站穩，大怪物的右手已經襲到。他拚力用劍尖抵住大怪物的右手心，可巨大的慣性衝擊過來，逼得他不得不後退。

他忘記了，自己再一次站在溝沿上。

失去重心的身體，如一塊巨石一般，往火熱的岩漿中墜去。他的腦海中一空，暗道：完了！

依稀之間，耳邊傳來守金花的尖叫：「苗教授！」

突然間腰上一緊，他睜開眼睛，見腰上纏著一根繩索，他似乎認得這根繩索，是醜蛋用來趕羊的。

醜蛋站在溝沿上，用力一甩。苗君儒借著那股甩力，縱身回到溝沿，站在醜蛋的身邊。

守金花一分心，許方婷就找到了機會，她用刀隔開守金花手裏的槍，從守金花的手裏搶過金鑰匙，朝大銅鏡衝過去。

許方婷將金鑰匙插入大銅鏡的孔中，身子被大怪物的尾巴攔腰捲起。

一道金光從銅鏡內射出，銅鏡的鏡面出現行雲流水般的薄霧。

許方婷的手裏拿著兩顆從日本兵屍體上撿來的手雷，大聲叫道：「苗教授，接下來就看你的了！」

一聲巨響過後，蛇尾巴斷為兩截。苗君儒凌空一抓，抓到一塊帶血的玉佩。

大怪物發出一聲巨吼，瘋狂地朝醜蛋和苗君儒撲來。

「把劍給我！」醜蛋奪過苗君儒手裏的青釭劍，長索捲住大怪物的左手，身體像燕子一樣飛了起來。

青釭劍從醜蛋的手中，如一道金光飛向大怪物的右眼，深深刺了進去。

大怪物發出慘嚎，從眼眶裏流瀉出來的不是液體，而是一道道無形的火焰。

地面又是一陣顫動，比剛才來得更劇烈。兩根石柱從中折斷，頭頂不斷有大塊的岩石往下落。大怪物所站的地方突然坍塌，巨大的身體伴隨著岩石，朝大溝墜去。

苗君儒看到了那根捲在大怪物手上的黑色繩索，在繩索的另一端，是醜蛋那嬌小的身軀。

她的微笑仍是那麼天真，如同一個十歲大的孩子，張開的雙臂，是在擁抱黎明時的陽光，她的眼睛緊閉著，似乎完全沉醉在甜蜜的睡夢裏。

守金花的聲音傳過來：「苗教授，快走！」

在大銅鏡的旁邊，出現了一個洞口。

苗君儒避過頭頂不斷掉落的岩石，好不容易跑到守金花的身邊。

守金花牽著他的手，朝洞內衝了進去……

苗君儒躺在一塊石板上，睜開眼睛時，看到了坐在他身邊的守金花。

他看到了一間坍塌掉半邊的亭子，那兩根殘存的石柱上，還刻著那副對聯，上聯是：**福兮禍兮禍福來兮**；左邊的下聯是：**人兮鬼兮人鬼去兮**。

這裏是收魂亭！

他站了起來，走到石柱前，眼前看到一條數公里寬的巨大溝壑，所站的地方是一處斷崖，下面是深不可測的萬丈深淵。

他轉身道：「這是怎麼回事？」

守金花的眉宇間充滿了無限哀怨，低聲道：「難道你不知道嗎？」

苗君儒想起來，在地震再一次來臨的時候，他和守金花一齊進了那個洞口，進去後感覺身體特別輕盈，在往上飄升，到後來，他漸漸失去了知覺。

他是怎麼到這裏的，一點印象都沒有。

他想起醜蛋的神秘身分，問道：「她到底是誰？她到底安排了什麼？」

守金花低聲道：「她是誰還那麼重要嗎？」

他問道：「你知道諸葛老先生留下的四句偈語是什麼嗎？」

守金花說道：「魏首蜀足，帝王之位，聖人之術，無欲無求！」

苗君儒暗暗吃驚，魏首蜀足乃是曹操的草頭，加劉備的田足，是個苗字；帝王之位乃是君，而聖人之術，指的是孔子的儒家之道，三個字合起來就是苗君儒。中國古代的玄學確實很奇妙，一千多年前的人，居然把現在的他都算出來了。而最後那一句無欲無求，則是指他來皇帝谷的本意，他是誤打誤撞才到這裏來的，並非像別人那樣，帶著不可告人的目的。

難怪在路上的時候，當醜蛋問清他的名字時，表現出那麼驚訝。

守金花看了一眼放在地上的那個水囊，低聲道：「這是她送給你的！我的任務完成了！」

說完之後，她縱身一躍，撲進了萬丈深淵。

後記

戰役還沒有結束。

苗君儒回到抬棺村，抬棺村只剩下一個空村子，全村男女老少的屍體，就躺在村西的亂葬崗，整整齊齊的排成幾排。

沒有人知道他們是怎麼死的。

苗君儒見到了那幾個失散的學生，還有蕭司令。他把那個水囊交給蕭司令，說了使用方法。

蕭司令給他一頁紙，紙張的顏色發黃，但紙質柔軟異常，是東漢末期貴族專用的蠶絲紙。

紙上有一首詩，是用隸書寫的，字體娟秀，出於女人之手：

汝夢之所繫兮，徒勞之所盼
富貴之所得兮，天意之所然
吾心之所累兮，眾生之所繫
五行之所養兮，陰陽之所輔
人心之所惡兮，逆天之所求

苗君儒將紙片折起，與那塊帶血的玉佩一起，埋在了抬棺村頭的那棵老槐樹下。

就當是做了一場夢吧！不管醜蛋究竟是什麼人，也不管她究竟安排了什麼，他都不願再去想了。

幾天後，他帶著學生到了邯鄲城，得知博雅軒的孫老闆於兩天前暴斃，他把那塊袁大頭丟到了護城河中。

幾年後，他再次經過黎城，於路上見到一個道士帶著一個道童，他覺得那道士似乎有些臉熟，待仔細去看時，道士和道童都已經走遠了。

那一帶有民間傳聞，說有人在太行山上看到兩條長著翅膀的龍，龍背上騎著兩個天仙。

他知道，那也許不是神話。

本故事純屬虛構，請勿對號入座

更多苗君儒懸疑考古系列　請續看《搜神異寶錄9　藏地尋秘》

搜神異寶錄 之8 曹操真墓

作者：婺源霸刀
發行人：陳曉林
出版所：風雲時代出版股份有限公司
地址：10576台北市民生東路五段178號7樓之3
電話：(02) 2756-0949
傳真：(02) 2765-3799
執行主編：劉宇青
美術設計：許惠芳
行銷企劃：邱琮傑、張慧卿、林安莉
業務總監：張瑋鳳

初版日期：2017年10月
初版二刷：2017年10月20日
版權授權：吳學華
ISBN ：978-986-352-471-7
風雲書網：http://www.eastbooks.com.tw
官方部落格：http://eastbooks.pixnet.net/blog
Facebook：http://www.facebook.com/h7560949
E-mail：h7560949@ms15.hinet.net
劃撥帳號：12043291
戶名：風雲時代出版股份有限公司

風雲發行所：33373桃園市龜山區公西村2鄰復興街304巷96號
電話：(03) 318-1378
傳真：(03) 318-1378
法律顧問：永然法律事務所 李永然律師
北辰著作權事務所 蕭雄淋律師

行政院新聞局局版台業字第3595號 營利事業統一編號22759935

定價：280元　特惠價：199 元

國家圖書館出版品預行編目資料

搜神異寶錄 ／ 婺源霸刀 著. -- 初版. -- 臺北市：
風雲時代，2017.06-　冊；公分

ISBN 978-986-352-471-7（第8冊；平裝）

857.7　　106006481